터무니없는 스킬로 이세계 방랑 밥

에구치 렌 지음
author · Ren Eguchi

마사 일러스트
illustration · Masa

이신 옮김

7 살코기 스테이크
× 창조신의 심판

터무니없는 스킬로 이세계 방랑 밥

7

살코기 스테이크

✕

창조신의 심판

에구치 렌 지음
author · Ren Eguchi
마사 일러스트
illustration · Masa
이신 옮김

무코다 일행

드라짱
사역마

보기 드문 픽시 드래곤. 작지만 성체. 역시 무코다의 요리를 노리고 사역마가 되었다.

스이
사역마

갓 태어난 슬라임. 밥을 준 무코다를 따르며 사역마가 된다. 귀엽다.

페르
사역마

전설의 마수 펜리르. 무코다가 만든 이세계 요리를 노리고 계약을 요구하여 사역마가 되었다. 채소를 싫어한다.

무코다
인간

현대 일본에서 소환된 샐러리맨. 고유 스킬 '인터넷 슈퍼'를 지녔다. 특기는 요리. 겁쟁이.

신계

루사루카
신

물의 여신. 공물을 노리고 무코다의 사역마인 스이에게 가호를 내린다. 이세계의 음식을 정말 좋아한다.

키샤르
신

대지의 여신. 공물을 노리고 무코다에게 가호를 내린다. 이세계 미용 제품의 효과에 매료되었다.

아그니
신

불의 여신. 공물을 노리고 무코다에게 가호를 내린다. 이세계의 술, 특히 맥주를 좋아한다.

닌릴
신

바람의 여신. 공물을 노리고 무코다에게 가호를 내린다. 이세계의 단것, 특히 도라야키에는 정신을 못 차린다.

◀ 다음

지금까지의 줄거리

수상쩍어 보이는 왕국의 '용사 소환'에 휩쓸려 검과 마법의 이세계로 오게 된
현대 일본의 샐러리맨 무코다 츠요시.
무코다는 어찌어찌 왕성을 나와 여행을 떠나게 되었으나,
고유 스킬 '인터넷 슈퍼'로 가져온 상품과 무코다의 요리를 노리고
'전설의 마수'부터 '여신'에 이르기까지 터무니없는 녀석들이 모여들더니
사역마가 되거나 가호를 내려주는 것이었다.
어째선지 유감 엘프 엘랑드와 함께
던전을 공략하게 된 무코다 일행.
한층 더 레벨 업 한 결과,
무코다는 새로운 술 가게 '외부 브랜드'를 개방하게 된다.
한편, 드디어 찾아온 듯 보였던 봄은 덧없이 사라지고,
무코다는 눈물을 흘린다.

고유 스킬
『 인터넷 슈퍼 』

언제 어디서든 현대 일본
의 상품을 구입할 수 있는
무코다의 고유 스킬.
구입한 식재료에는 스테이
터스를 높이는 효과가 있다.

목 차

6 ✕ **장**

2 ✕ **한 담**

1 ✕ **번 외**

다음 ▶

『그럼 다녀오마.』

『그럼 갔다 올게!』

『주인, 다녀올게~.』

"그래그래, 다녀와~."

페르와 드라 짱과 스이가 쏜살같이 숲속으로 사라져갔다.

우리는 어제와 마찬가지로 에이블링의 도시 밖 숲에 와 있었다.

나로 말하자면, 어제의 충격적인 사건 탓에 좀처럼 의욕이 없었다.

하아~ 설마 페오도라 씨가 2백 살에 가깝고, 아이가 넷에 손자까지 있었을 줄이야…….

참고로, 들은 바로는 드랭에 있는 손자분은 열 살 남자아이라고 한다.

엘프인지라 인간보다 성장이 느려서 겉모습은 다섯 살 정도로 보인다는 모양이다.

첫 손주인 만큼 페오도라 씨는 손주를 눈에 넣어도 아프지 않을 만큼 귀여워했고, 드랭에 1년 가까이 체재하고 있는 것도 페오도라 씨가 손주와 헤어지기 싫어서라고 한다.

사랑이 시작되기도 전에 끝났다.

훗, 나는 어디에 가든 이런 운명인 걸까…….

아니, 아니. 아직 포기하긴 이르지.

언젠가, 언젠가 나한테도 분명!

"저기~ 슬슬 해체를 시작하시죠?"

"어? 아, 네, 시작해야죠. 그래야죠."

그러고 보니 엘랑드 씨가 있었지.

후우, 마음을 다잡고 지금은 이쪽에 집중해볼까.

어제와 마찬가지로 흙 마법으로 만든 돌 테이블 위에 꺼내놓은 것은 2미터 정도 크기의 레드 보아.

페르들이 어제 잡아 온 사냥감이다.

우선은 피 빼기부터. 뱀파이어 나이프를 목덜미에 푹 찔러 넣는다.

어떠한 원리인지는 모르지만, 기세 좋게 피를 빨고 있습니다.

응, 오늘도 일 참 잘하네.

꺼림칙한 나이프라 조금 불안해져서 페르의 고성능 감정도 받았는데, 이런 느낌이었다.

【뱀파이어 나이프】

마철과 뱀파이어의 뼈를 섞어 만들어진 나이프. 피에 굶주린 이 나이프는 제한 없이 피를 빨아들인다. 이 나이프로 입은 상처는 잘 낫지 않고, 출혈도 좀처럼 멈추지 않는다. 경우에 따라서는 치명상이 되기도 한다.

나이프이기는 하지만 상당히 끔찍했다.

경우에 따라서는 치명상이라니, 상처가 잘 낫지 않고 출혈도 멈추지 않는다면 작은 상처로도 목숨을 잃는다는 거잖아.

하지만 피를 빼는 데 쓰기에는 매우 편리한 나이프다.

일말의 불안은 있었지만, 그, 뭐, 이걸로 자신을 상처 입히지 않는 한은 괜찮겠지………… 아마도.

피 빼기가 끝나자 엘랑드 씨의 해체 강좌가 시작되었다.

"우선 내장을 상처 내지 않도록 주의하며 배를 가릅니다. 이때 내장에 상처를 내면 고기를 못 쓰게 되어버리니 조심하세요."

엘랑드 씨의 설명에 따르면 나이프의 날을 위쪽으로 향하게 해서 하면 좋다고 하는지라, 그대로 해보았다.

"맞아요. 그렇게요. 처음에는 느려도 괜찮습니다. 중요한 건 내장에 상처를 내지 않는 겁니다."

그 말대로 내장에 상처를 입히지 않도록 주의하면서 천천히 칼집을 내어갔다.

응, 잘됐네.

활짝 벌어진 배 안쪽이 드러났다.

오오, 역시 코카트리스와는 다른걸.

레드 보아 쪽이 내장도 크고 꽉 차 있는 느낌인 만큼 그로테스크했다.

그래도 제대로 피를 뺀 덕분에 어떻게든 견딜 수 있었다.

심호흡하고서 레드 보아를 찬찬히 살폈다.

"이 내장과 이 내장에는 배설물이 쌓여 있으니 다루는 데 특히 주의가 필요합니다. 배설 기관인 이 부분은 주변 살과 껍질까지 잘라내고, 연결된 이 배설물이 쌓여 있는 내장과 함께 폐기합니다."

역시 이 부분은 지지니까 폐기 처리해야겠지.

"그 외의 내장도 보통은 폐기합니다만…… 드실 거죠?"

"그건 상태를 보고 나서요."

일단 먹을 셈이지만, 그건 감정해본 다음의 이야기다.

감정님, 부탁드립니다.

…………감정해본 결과, 레드 보아 내장은 전멸이었다.

아쉬워라.

거의 전부 "식용은 가능하나 누린내가 나고 매우 맛이 없다"는 설명이 나왔다.

먹을 수는 있는 모양이지만, 맛없다고 쓰여 있는 걸 일부러 먹을 필요는 없으니까.

그런 연유로, 먹지 못하는 내장은 전부 제거해서 흙 마법으로 파낸 구멍에 던져 넣었다.

계속해서 엘랑드 씨의 지시에 따라 머리를 잘라내고, 상처를 내지 않도록 조심스럽게 가죽을 벗겨냈다.

"여기까지 오면 다음은 잘라 나누는 것뿐이니, 거의 끝입니다."

역시 레드 보아 정도로 크면 시간도 걸리고 손도 많이 가는구나.

처음 해본 것치고는 그럭저럭 잘했다고 생각하지만.

마침 일단락되었을 때 페르와 드라 짱과 스이가 숲에서 돌아왔다.

점심밥은 어제 구워두었던 닭고기로 만든 구운 닭고기덮밥이다.

든든하게 점심을 먹은 페르들은 다시 울창하게 우거진 숲속으로 기운차게 뛰어들어 갔다.

나와 엘랑드 씨는 해체 강좌를 다시 시작했다.

가죽을 벗겨두었던 레드 보아를 잘라서 나눈 다음, 두 마리째 레드 보아 해체를 시작했다.

피를 빼고 내장에 상처를 내지 않도록 주의하며 배를 가르고…….

"후우, 겨우 끝났네."

엘랑드 씨의 지시를 떠올리며 어찌어찌 두 마리째의 레드 보아 해체를 마쳤다.

직접 해체해보고 처음으로 생각했는데, 지금까지는 모험가 길드에서 해체해 온 마물 고기를 가져오자마자 바로 먹었는데 괜찮으려나?

마물 고기는 해체해서 바로 요리해도 맛있었던지라 지금까지 별로 신경 쓰지 않았었는데, 쇠고기나 돼지고기는 숙성해서 먹는 편이 맛있다고 하잖아?

사냥꾼이 멧돼지를 해체할 때도 내장을 꺼낸 다음에 차가운 물이 흐르는 냇가에 둔다는 이야기를 들은 적이 있기도 하고.

마물 고기이니 일괄적으로 같은 취급을 하기는 그렇지만, 맛있어진다면 얼마든지 할 수도 있지.

"엘랑드 씨, 마물 고기는 숙성시키지 않나요?"

"숙성? 그게 뭔가요?"

엘랑드 씨는 모르는 모양이네.

"그러니까, 고기를 말이죠, 온도가 낮은 곳에 일정 기관 보관해두면 맛있어진다고 들은 적이 있어서요……."

"아뇨~ 그렇지 않습니다. 고기의 신선도를 유지하기 위해 냉

11

장고를 쓰는 경우는 있지만요. 애초에 마물 고기는 신선하면 신선할수록 맛있답니다."

엘랑드 씨의 이야기에 따르면 마물 고기는 선도가 떨어질수록 맛도 떨어지며, 소금을 뿌려서 육포 등으로 만들지 않는 한은 일주일에서 열흘 정도면 거무튀튀하게 색이 변하며 상한다고 한다.

물론 그런 상태가 되면 먹을 수 없고, 다음은 썩어갈 뿐이다.

그런고로 마물 고기는 신선하면 신선할수록 맛있다는 것이 정설이라고 한다.

과연, 그렇구나.

지금까지는 모험가 길드에서 해체해준 걸 받아서 그대로 아이템 박스에 넣어두기만 했었던지라, 솔직히 그런 부분은 그다지 신경 쓰지 않았었다.

가장 중요한 부분은 상하지 않게 둔다는 것인데, 그건 내 시간 정지 아이템 박스에 넣어두면 문제없으니까.

마물 고기도 선도가 생명인 건가.

시간 정지 아이템 박스를 갖고 있어서 다행이야.

"그래서, 오늘 저녁 식사는 그 신선한 레드 보아 고기를 사용한 요리인가요?"

엘랑드 씨가 기대로 가득한 눈빛으로 물었다.

그렇게 기대하지 말아주세요.

그렇다고 해도 모처럼 직접 해체한 레드 보아니까.

레드 보아, 맛은 돼지고기와 멧돼지 고기 사이라는 느낌이란 말이지…….

돼지, 멧돼지, 돼지, 멧돼지············ 된장으로 양념한 멧돼지 전골도 괜찮겠는걸.

좋아, 오늘 저녁은 멧돼지 전골로 결정!

◇ ◇ ◇ ◇ ◇ ◇

숙소로 돌아오자마자 바로 저녁 식사 준비를 시작했다.

인터넷 슈퍼에서 재료를 구입하고, 조리 개시.

멧돼지 전골 레시피는 본가에 살던 무렵 이웃에게 멧돼지 고기를 나눠 받아 만들었던 것을 참고했다.

페르와 드라 짱과 스이가 배고프다며 대합창을 하고 있으니, 재료도 속도를 중시하여 준비했다.

뚝배기에 물과 가다랑어와 다시마를 섞은 육수 재료(분말), 간 생강(튜브형), 술, 간장, 설탕, 맛술, 된장을 넣고서 끓이다가 전골 재료로 쓰려고 해체 실습 뒤에 얇게 잘라둔 레드 보아 고기를 약불로 익힌다.

거품을 정성껏 걷어내고, 고기가 어느 정도 익으면 채소 투입.

무와 당근은 잘 익도록 얇고 짤막하게 자르고, 만가닥버섯과 팽이버섯은 밑동을 잘라낸 다음 적당하게 풀어주고, 숭덩숭덩 자른 배추와 어슷썰기 한 파를 넣는다.

채소가 어느 정도 익었을 때 마지막에 겨자 잎을 넣으면 완성이다.

재료를 잘라 끓이기만 하면 되니 아주 손쉽다.

우엉을 넣어도 맛있지만, 물에 불려야만 하니 오늘은 패스다.

페르와 드라 짱과 스이의 전골은 고기를 푸짐하게 넣어서 만들어보았다.

"자, 뜨거우니까 조심해~."

페르는 바람 마법으로 식힌 다음에 먹기 시작했다.

드라 짱도 페르를 따라서 바람 마법으로 식히고 있었다.

스이는 뜨거워도 괜찮은 모양이었다.

『새삼 무슨 레드 보아인가 했다만, 꽤 맛있구나.』

『고기가 부드럽고 맛있네.』

『맛있어!』

멧돼지 전골, 호평인 것 같아 다행이었다.

"자, 우리도 먹죠."

엘랑드 씨와 나는 냄비 하나를 사이에 두고 앉았다.

"레드 보아 고기라고 하면 굽는 것만 생각했는데 끓이는 것도 맛있군요~."

응응, 맛있지.

레드 보아 고기도 맛있지만, 뭐니 뭐니 해도 이 국물이 맛있다니까.

채소의 단맛과 고기에서 우러난 육수가 어우러져 일품이다.

후후후, 전골의 마무리가 기대되는걸.

페르들이 전골을 몇 번이나 더 먹은 후에 드디어 식사의 마지막 단계로.

마지막으로 남은 국물에 우동 면을 넣고서…….

부글부글 끓이면, 좋아. 이 정도면 되려나.

"전골 요리의 마지막 즐거움. 마무리 우동이야."

처음 먹는 우동이 살짝 먹기 힘든 모양이었지만, 쫄깃한 식감은 모두에게 대호평이었다.

나로서도 오랜만에 우동을 맛보고 대만족했다.

◇ ◇ ◇ ◇ ◇

나와 엘랑드 씨는 숙소 옆의 모험가 길드로 향했다.

약속했던 던전의 드롭 아이템 거래를 위해서다.

페르와 드라 짱과 스이는 숙소에 남아 있기로 했다.

일단 간식을 수북하게 두고 왔으니 조금 시간이 걸려도 괜찮을 터다.

창구에 말을 걸자 바로 길드 마스터의 방으로 안내되었다.

"수고를 끼쳐 미안하군. 기다렸어. 상인 길드의 길드 마스터도 기다리고 있었지."

그렇게 말하며 맞아준 나디야 씨의 옆에는 백발에 말쑥한 60대 중반으로 보이는 자그마한 체구의 영감님이 서 있었다.

"이쪽이 이곳 에이블링 상인 길드의 길드 마스터인 핸슨 씨야."

나디야 씨에게 소개를 받은 핸슨 씨가 미소를 띠며 자기소개를 했다.

"에이블링 상인 길드의 길드 마스터 핸슨이라고 합니다. 부디 잘 부탁드립니다."

한참 어린 나에게도 정중하게 예의 바른 태도를 보이는 것이 역시 대도시에 있는 상인 길드의 길드 마스터라 해야 할까.

"무코다라고 합니다. 잘 부탁드립니다. 이쪽은 드랭 모험가 길드의 길드 마스터인 엘랑드 씨입니다. 함께 이곳 던전을 답파했습니다."

"엘랑드라고 합니다. 보통은 드랭에 있습니다만, 어쩌다 보니 무코다 씨의 던전 탐색에 함께하게 되었습니다."

엘랑드 씨, 어쩌다 보니가 아니잖아요…….

"미안하지만, 그럼 바로 거래 이야기를 시작할까? 지금 좀 바빠서 말이야. 그래서 사고 싶은 건……."

모험가 길드와 상인 길드의 공동 매입이기도 해서 거래 물품 수가 상당했다.

매입품은 부식액, 스켈레톤의 뼛조각, 화이트 캐터필러의 실, 그레이 캐터필러의 실, 마비약, 킬러 앤트의 턱, 킬러 앤트 나이트의 외피, 킬러 맨티스의 낫, 자이언트 킬러 맨티스의 낫, 킬러 호네트의 독침, 킬러 호네트(특수 개체)의 독침, 킬러 호네트 퀸의 독침, 베놈 타란툴라의 실, 베놈 타란툴라(특수 개체)의 실, 자이언트 센티피드의 외피, 킬러 카멜 크리켓의 이빨, 자이언트 커크로치의 외피, 자이언트 커크로치의 발톱, 구울의 독 손톱, 빅바이트 터틀의 등딱지, 빅 브론즈 이구아나의 가죽, 레드 킬러 크로커다일의 이빨, 레드 킬러 크로커다일의 가죽 전부. 그 외의 다크 볼(암옥)×30, 블랙 서펜트의 가죽×30, 블랙 아나콘다의 가죽×15, 레드 서펜트의 가죽×5, 크림슨 애습의 가죽×10.

극소와 소와 중 크기의 마석 전부와 루비, 사파이어, 다이아몬드 등의 보석 전부.

그리고 이곳 던전에서 나온 것은 아니지만 매직 백(중)도 사고 싶다고 했다.

실제로 듣고 너무 많은 양에 놀랐다.

모험가 길드는 물론이고, 직접 매입할 수 있게 된 상인 길드도 때는 지금이라는 듯이 많은 예산을 책정했다고 한다.

나디야 씨가 말하길 "이렇게 대량으로 살 수 있는 기회는 좀처럼 없으니까. 놓칠 수는 없지"라고 한다.

핸슨 씨도 마찬가지라고 했다.

모험가 길드로서는 무기, 방어구가 되는 곤충계 마물의 소재는 꼭 확보해두고 싶다고 했고, 상인 길드로서는 실과 가죽, 그리고 보석은 어떻게든 확보하고 싶다고 했다.

이용 가치가 높은 마석은 모험가 길드도 상인 길드도 가능한 한 확보해두길 원한다고 했다.

매직 백은 양쪽 길드 모두 원했는데, 이야기를 나눈 끝에 모험가 길드가 매입하게 되었다고 한다.

나디야 씨는 "매직 백 같은 건 좀처럼 나오지 않는 물건이니까"라며 몹시 기뻐하는 얼굴을 했다.

겉보기엔 꾀죄죄한 천으로 된 백인데 말이지.

어쨌든 대량으로 매입해준다니 감사한 일이다.

내가 가지고 있은들 아이템 박스의 거름이 될 뿐이니까.

"매입하고 싶은 물품은 이상인데, 괜찮을까?"

"저는 괜찮습니다만, 엘랑드 씨는 어떤가요?"

"네, 저도 물론 괜찮습니다."

"그럼 물건을 확인해볼까? 양이 양인 만큼 창고로 이동해서 말이야."

나디야 씨에게 안내를 받아 우리는 창고로 향했다.

◇ ◇ ◇ ◇ ◇

창고에 도착하자 모험가 길드와 상인 길드의 직원들이 기다리고 있었다.

"그럼, 꺼내주겠어?"

나디야 씨가 그렇게 말했고, 매입하겠다고 했던 드롭 아이템을 아이템 박스에서 차례차례 꺼냈다.

내가 꺼낸 드롭 물품을 그 자리에서 모험가 길드와 상인 길드의 직원들이 확인해나갔다.

"길드 마스터, 전부 문제없습니다. 문제는커녕 품질이 아주 좋습니다."

드롭 아이템을 확인하던 리더 격으로 보이는 모험가 길드의 나이 든 직원이 나디야 씨에게 그렇게 보고했다.

"이쪽도 그렇습니다. 특히 보석류는 훌륭하군요. 역시 던전산이에요."

이어서 상인 길드의 직원 중 리더 격으로 보이는 사람도 핸슨 씨에게 그렇게 보고했다.

"문제가 없다면, 핸슨 씨. 사전에 이야기했던 금액으로 괜찮 겠지?"

"예."

핸슨 씨가 고개를 끄덕이자, 나디야 씨가 가까이에 있던 직원 에게 무언가를 지시했다.

"무코다 씨와 엘랑드 씨. 그럼, 거래 내역을 설명하도록 하지."

나와 엘랑드 씨가 "네" 하고 답하자, 나디야 씨나 내역 설명을 시작했다.

"어디 보자, 우선은 부패액이지. 이건 하나에 은화 일곱 닢으로 전부 해서 금화 스물세 닢과 은화 여덟 닢, 다음이 스켈레톤의 뼛 조각 하나에 은화 다섯 닢으로 전부 해서 금화 열세 닢, 다음이 화 이트 캐터필러의 실이고 하나에 은화 두 닢으로 전부 해서 금화 스 물일곱 닢과 은화 여섯 닢, 다음이 그레이 캐터필러 실로 하나당 은 화 네 닢으로 전부 해서 금화 열두 닢, 다음이⋯⋯⋯⋯⋯⋯⋯⋯."

양이 양이라 나디야 씨의 설명이 길게 이어졌다.

"이어서 오팔(중간 사이즈)가 금화 260닢, 아메시스트(중간 사 이즈)가 하나에 금화 150닢으로 합계 금화 300닢, 아쿠아 마린(큰 사이즈)가 금화 490닢이야. 전부 다 해서 금화 21,200닢이군."

⋯⋯⋯⋯⋯⋯뭐?

금화, 이만천이백 닢?

⋯⋯⋯⋯⋯⋯⋯⋯⋯⋯뭐어어어어어어어어?

"이, 이거 참, 터무니없는 액수가 되었군요⋯⋯."

내가 놀란 것은 물론이고, 엘랑드 씨도 놀란 모양이었다.

"하하핫, 드랭의 길드 마스터도 놀라는 건가. 뭐, 이렇게나 한 꺼번에 사들일 기회는 좀처럼 없으니까. 모험가 길드도 상인 길 드도 힘 좀 썼지."

"그렇습니다. 상인 길드로서도 질 좋은 던전산 물품을 직접 구 할 기회를 얻었으니 말이죠. 여기서 지출을 아낀다면 상인이라고 할 수 없죠."

정말이지 호기롭다고 할까 뭐라고 할까.

그나저나 금화 21,200닢……

내 아이템 박스에는 그야말로 다 쓰지 못하고 그대로 남은 금 화가 대량으로 있다.

엘랑드 씨와 나눈다고 해도 상당한 금액인데, 어쩌면 좋을까.

"그럼 지불을 하도록 할까. 금화로 하면 터무니없는 양이 돼서 말이야, 백금화로 준비했어. 백금화 212닢. 확인해주겠어?"

그렇게 말하며 나디야 씨가 묵직해 보이는 자루를 내게 건넸다.

안을 보니 백금화가 가득 담겨 있었다.

엘랑드 씨에게도 도움을 받아 확인을 해보았다.

백금화가 하나, 둘, 셋, 넷, 다섯…………

엘랑드 씨가 센 것이 100닢.

내 쪽이 112닢.

전부 해서 212닢의 백금화다.

"아, 네, 틀림없습니다."

"좋은 거래였어. 고마워."

"상인 길드도 감사드립니다."

"그럼, 지금부터 더 바빠지겠군."

"상인 길드도 마찬가지입니다. 이렇게나 훌륭한 물건들을 구했으니까요. 상인 길드에 가입한 분들도 만반의 준비를 하고 기다리고 있답니다."

그렇게 말하며 나디야 씨도 핸슨 씨도 활짝 웃었다.

바빠지는 것이 기쁜 모양이다.

이 두 사람, 뼛속부터 일벌레네.

내 옆에 있는 아무개 씨와는 다르게 말이야.

거래를 마친 나와 엘랑드 씨는 숙소로 돌아갔다.

숙소로 돌아가자 배를 주린 페르와 드라 짱과 스이가 기다리고 있었다.

"……배고프다고?"

『그래.』

『얼른 밥.』

『주인, 배고파.』

사실은 방금 받은 거래 대금 중 엘랑드 씨의 몫을 얼른 나누고 싶었지만, 그럴 틈이 없을 것 같다.

하는 수 없지, 우선은 밥부터.

빤히 이쪽을 보고 있는 페르와 드라 짱과 스이.

어서 밥을 내놓으라는 압박이…….

아침에 지어놓은 밥도 남아 있으니, 역시 덮밥으로 할까.

원 패턴이라 말하지 마시라.

간단하고 든든하고 맛있는 거라고 하면 덮밥 종류가 제일이라고 생각하거든.

어제 해체한 레드 보아 고기를 쓰기로 하고, 뭐가 좋으려나…………, 좋아, 그걸로 하자.

고추장이 결정적인 맛을 내는 매콤 덮밥이다.

인터넷 슈퍼에서 채소와 고추장을 사서 바로 조리를 시작했다.

당근은 3센티미터 길이로 채 썰고, 부추도 3센티미터 길이로 자른다.

콩나물은 물로 가볍게 씻어둔다.

나는 꼬리는 귀찮아서 손질하지 않는 파다.

영양가도 있다고 하고 말이지.

수프라든가 꼬리가 신경 쓰일 법한 요리를 할 때나 시간이 있을 때는 손질하는 식이려나.

달군 프라이팬에 기름을 두르고 얇게 자른 레드 보아 고기를 넣고 볶는다.

고기 색이 슬쩍 바뀌면 당근과 콩나물을 더하고 숨이 죽을 때까지 볶아준다. 그리고 마지막에 부추를 투입.

다음은 간장, 술, 고추장, 설탕, 간 마늘, 참기름으로 만든 양념을 두르고 볶으며 섞는다.

이제 음식을 페르와 드라 짱과 스이 전용 그릇에 푸짐하게 담고, 그 위에 참깨를 솔솔 뿌려주면 매콤 덮밥 완성이다.

"자, 다 됐어."

페르들 앞에 내어주자 기다렸다는 듯이 달려들었다.

『음, 이건 칼칼하고 매워서 맛있구나. 쑥쑥 들어간다.』

『그러게. 나는 매운 걸 꽤 좋아하니까, 이거 마음에 들어.』

『맵지만 이거라면 스이도 먹을 수 있어. 맛있어!』

스이도 먹을 수 있게 고추장은 조금 넣었는데, 그게 정답이었나 보다.

나와 엘랑드 씨 몫은 평범한 크기의 그릇에 담았다.

"여기, 엘랑드 씨도 드세요."

"이건 또 식욕이 동하는 향기로군요~."

그 말대로 엘랑드 씨도 크게 밥을 떠서 입에 넣었다.

그럼 나도 먹어볼까.

응, 간단지만 언제나 그렇듯이 맛있는걸.

고추장의 칼칼한 매운맛이 정말 맛있어.

"이 매운맛이 하얀 '쌀'이라는 것과 잘 어우러져서 평소보다 술술 들어가는군요."

응, 당신의 경우 술술 들어가는 건 평소보다가 아니라 언제나 그랬듯이겠지.

엘랑드 씨 그릇은 페르들 수준으로 커도 괜찮지 않을까 싶을 지경이야.

칼칼한 매운맛이 식욕을 돋우었고, 페르와 드라 짱과 스이, 그리고 엘랑드 씨는 몇 그릇이나 더 먹었다.

매콤한 덮밥을 배불리 먹은 다음엔 식후의 휴식이다.

나와 엘랑드 씨는 호지차, 페르들은 사이다를 마시면서 한숨을 돌렸다.

"아, 그렇지. 아까 받은 거래 대금 중에 엘랑드 씨 몫을 나눠드릴게요."

"남은 다크 볼을 드랭에 팔아주시기만 한다면, 그건 필요 없습니다만."

"아뇨, 아뇨. 그럴 수는 없죠. 함께 던전을 답파했으니까요."

"그렇다면 전에 이야기했던 대로, 히드라의 보물 상자에서 나온 보물의 3분의 1 정도면 충분합니다."

"아뇨, 그건 너무 적어요. 이건 공평하게 반반씩 나누죠."

"아뇨, 아뇨. 그건 너무 많습니다."

"그렇다면 전체의 3분의 1로. 그 이하는 안 됩니다."

"아뇨, 아뇨. 3분의 1이라니요. 너무 많습니다."

"아뇨, 아뇨, 아뇨. 많지 않아요. 그 정도는 받아주셔야죠."

아뇨, 아뇨와 아뇨, 아뇨, 아뇨의 응수로 엘랑드 씨와 입씨름을 한 결과, 겨우겨우 백금화 50닢으로 타협을 보았다.

어떻게든 3분의 1 정도를 밀어붙이고 싶었지만, 엘랑드 씨가 완강하게 거부했다.

그렇다면 하고, 3분의 1에는 미치지 못하지만 백금화 50닢만은 꼭 받아달라고 해서 어찌어찌 떠넘겼다.

그래도 여전히 대량의 돈이 있지만.

돈에 여유가 있는 것은 좋지만, 너무 많은 것도 또 곤란하다.

돈이 너무 많아서 곤란하다니, 다른 사람이 보기엔 얄미워 보일 법한 고민이지만 말이지.

특히 우리는 쌓이기만 하고 어디에 쓰면 좋을지 모르겠고, 이런 큰돈을 가져본 적이 없어서 그런지 더 무섭다고.

지금은 그다지 갖고 싶은 것도 없는 데다, 인터넷 슈퍼에서 쓴다고 한들 비싸 봐야 거기서 거기란 말이지. 이건 뭔가 아주 비싼 걸 사서 환원하는 방법을 생각해보는 편이 좋을지도.

그렇게 백금화 50닢을 엘랑드 씨에게 건네고, 앞으로의 예정에 관하여 이야기를 나누었다.

"서둘러서 드랭으로 가죠."

"에이~ 조금 더 여유롭게 가도 괜찮을 것 같은데요."

"무슨 말씀이세요. 우리는 딱히 서두를 필요 없지만, 엘랑드 씨는 서두르지 않으면 안 되잖아요? 우고르 씨에게 다 떠넘긴 상태니까요."

"그건 그렇지만, 우고르 군이라면 괜찮을 거라고 보는데 말이죠."

우고르 씨가 우수한 건 안다고.

그 우수한 우고르 씨가 있으니 어느 정도는 순탄하게 업무도 진행되겠지.

하지만 말이야, 일단 드랭 모험가 길드의 우두머리는 당신이잖아.

엘랑드 씨가 있어야만 진행되는 이야기 같은 것도 있으리라 보거든.

"이 이상 늦어지면 우고르 씨한테 엄청나게 혼날 텐데요. 그보다, 지금 당장 가도 혼날 것 같은데……."

내가 그렇게 말하자, 엘랑드 씨가 잠시 생각에 잠겼다.

무언가를 떠올렸는지 "그러고 보니 그 건은 서둘러야 한다든가, 돌아오면 바로라든가 하는 말을……" 하고 중얼거리는 사이에 엘랑드 씨의 얼굴이 순식간에 창백해졌다.

"서, 서둘러 돌아가는 편이, 좋을지도 모르겠네요……."

그럼 그렇지.

엘랑드 씨의 이야기에 따라서 내일은 여행 준비를 하고, 모레 아침 일찍 에이블링을 출발하여 드랭으로 향하기로 했다.

내 경우 여행 준비라고 하면, 여행 중에 먹을 밥 만들어두기다.

지금부터 몇 가지 만들고, 내일 종일 준비하기로 하자.

◇ ◇ ◇ ◇ ◇

어제와 오늘에 걸쳐 여행 중에 먹을 밥도 빈틈없이 준비했다.

내가 해체한 코카트리스와 레드 보아를 남김없이 전부 썼고, 이제는 빼놓을 수 없는 닭튀김을 비롯한 각종 튀김류와 된장 절임과 생강구이, 다음은 간 고기를 써서 햄버그와 고기 소보로를 만들었다.

간 고기는 남은 레드 보아와 골든 백 불을 섞어 사용했는데, 그걸로 오랜만에 만두도 대량으로 만들었다.

군만두와 튀긴 만두 외에 채소를 듬뿍 넣은 만둣국도 만들어보았다.

닭 육수에 채소와 만두를 넣기만 한 간단한 요리지만 맛있다.

다음은 베를레앙에서 구한 해산물 튀김과 타이런트 피시와 채소를 듬뿍 넣고 버터 간장으로 양념한 포일 구이도 만들었다.

가끔은 해산물이 먹고 싶어지니까 말이지. 주로 내가.

직업에 요리사가 생긴 후로 작업도 물 흐르듯 빠르게 할 수 있게 되어서 우쭐대며 이것저것 만들었다.

아, 그렇지. 코카트리스 고기로 크림 스튜도 만들었다.

어느 쪽인가 하면 나는 크림계 스튜보다 데미글라스계 스튜를 더 좋아해서 지금까지 만들지 않았는데, 이건 이것대로 참을 수 없이 먹고 싶어지는 때가 있단 말이지.

본가에서도 사용했던 홋카이도의 은혜가 듬뿍 녹아든 루를 썼더니, 어쩐지 안심이 되는 평소와 같은 맛으로 완성되었다.

스튜 맛을 보면서 이제 원래 세계로는 돌아갈 수 없겠지…… 싶어 왠지 조금 울적한 기분이 되었던 것은 비밀이다.

여행 중에 먹을 밥을 다 만들고, 어두워지기 전에 엘랑드 씨와 모험가 길드로 가서 나디야 씨에게 내일 떠난다는 소식을 전했다.

그때, 나디야 씨에게 "단 음식인데, 휴식 시간에라도 드세요"라며 베를레앙에 있을 때 만들었던 플레인 파운드케이크와 홍차 파운드케이크를 건넸더니 무척 기뻐했다.

그것을 본 여성 직원이 부러워하는 얼굴을 하기에 직원분들 몫도 두고 왔다.

여성 직원들은 일하는 중인데도 개의치 않고 환성을 질렀다.

단것을 좋아하는 여성에게 파운드케이크 선물은 실로 유효했다.

모험가 길드에서 돌아온 다음엔 다 함께 저녁 식사를 했다.

낮에 튀겨놓은 돈가스에 소스를 뿌려 덮밥으로 만들었다.

밥 위에 가늘게 채 썬 양배추를 듬뿍 올리고, 그 위에 돈가스 소스, 케첩, 맛술, 설탕을 섞어서 만든 덮밥용 소스를 살짝 뿌린 돈가스를 얹으면······.

응, 정말 맛있었다.

소스를 뿌린 돈가스 덮밥은 모두에게 대호평이었다. 또 만들어 달라며 재촉할 정도였다.

배부르게 저녁 식사를 하고, 나는 여행에 나서기 전에 드라 짱과 스이와 함께 목욕 시간을 만끽했다.

이번에는 엘랑드 씨도 함께이니 여행 도중에 느긋하게 목욕할 여유는 없을 테니까.

그런 느낌으로 나름 바쁘게 지낸 하루였지만, 나에게는 또 하나 해야만 하는 일이 있었다.

내일은 드랭을 향해 출발해야 하니, 솔직히 나도 얼른 자고 싶은 마음인데 말이지.

그런고로, 모두가 잠들어 조용해진 후에도 나는 혼자서 잠들지 않고 깨어 있었다.

그 해야만 하는 일이라는 것은 바로 항례 행사가 된 의무다.

성가시지만 서둘러 끝내볼까요.

"여러분, 계십니까~?"

그렇게 부르자 허둥지둥 서두르는 발소리가 바로 들려왔다.

평소처럼 신들이 희망하는 것들을 인터넷 슈퍼에서 구입하고, 받은 물건들을 이제는 익숙해진 종이 상자 제단에 올려놓았다.

닌릴 님이 바란 것은 당연하게도 후미야의 케이크.

오늘도 역시나 보고 있는 것만으로도 입이 달아질 만큼 대량의 케이크니 하는 단 과자들을 골랐다.

키샤르 님도 평소와 다름없이 미용 제품이다.

칙칙한 피부가 신경 쓰인다고 해서 오늘은 씻어내는 타입의 팩을 샀다.

다음으로 입욕제를 몇 개 원한다고 해서 조금 비싼 독일제 목욕 소금을 추천했다.

아그니 님은 좋아하는 맥주.

오늘은 Y비스 맥주를 상자째 구입했다.

나머지는 A사의 프리미엄 맥주, S사의 검은 라벨 맥주 등을 여섯 개 묶음으로 여러 종류 담았다.

루카 님은 후미야의 케이크와 아이스크림.

그리고 내가 만든 햄버그와 해산물 튀김, 만두를 먹고 싶다고 해서 그것들을 준비했다.

헤파이스토스 님과 바하근 님, 이 애주가 콤비는 당연히 외부 상점인 '리큐어 샵 다나카'에 있는 위스키를 중심으로 한 술이다.

지난번 랭킹 설명 때 이것저것 눈독을 들여놨는지, 이 두 사람 치고는 비교적 빠르게 정해졌다.

위스키의 일간과 주간 랭킹만은 빈틈없이 설명해야 했지만 말이지.

카트 안 물건을 정산한 다음, 각각의 물건들을 종이 상자 제단에 올려두고⋯⋯. 좋아, 이걸로 오케이지?

"여러분, 받으십시오."

종이 상자 제단의 물건들이 차례차례 사라졌고, 신들의 환성이 들려왔다.

후우, 끝났다.

『잠깐, 기다려!!』

그럼 이제 자볼까 하며 일어난 나를 불러 세우는 굵은 목소리.

"정말이지, 무슨 일인데요?"

『무슨 일이데요? 가 아니지! 우리랑 약속한 거 잊었어?』

『그러하네! 지난번에 원하는 걸 하나씩 추가해서 주문할 수 있다고 말하지 않았나! 잊은 건 아닐 테지?!』

⋯⋯⋯⋯⋯아, 그러고 보니 그런 말을 했었지.

완전히 까먹고 있었네.

죄송합니다.

『이봐라, 무슨 이야기를 하는 게냐?』

신들의 대화 소리가 들려왔다.

닌릴 님의 물음에 애주가 콤비가 여신들에게 그때의 이야기를 들려주는 모양이었다.

『뭐라?! 그런 이야기가 되어 있었던 것이냐? 너희들도 가끔은 도움이 되는구나.』

닌릴 님의 그 반응에 헤파이스토스 님과 바하근 님이 『가끔이라니, 무슨 말이야?! 가끔이라니!』라며 항의하는 목소리가 들려왔다.

『그런 것보다 그건 우리도 포함된 것일 테지?!』

아그니 님이 내게 그렇게 물었다.

"아, 네네. 물론 여신님들도 포함입니다."

뭐, 신들에게 드리는 특별 보너스 같은 거다.

"다만 한 명당 하나로, 금화 한 닢 정도의 물건만 됩니다."

『어머나~? 한 닢 정도라는 건, 한 닢을 넘어도 괜찮다는 뜻이야?』

내 말에 빠르게 반응한 것은 키샤르 님이었다.

"조금만이라면요. 많이 넘을 때는 각하입니다."

그렇게 답하자 여신님들의 환성이 일었다.

"그럼 바라는 걸 말씀해주세요. 아, 아까도 말씀드렸듯이 한 사람당 하나씩입니다."

우선은 닌릴 님부터다.

『이 몸은 이미 정했느니라. 후후후후후, 전에 봤을 때부터 먹어보고 싶다고 생각했느니라. 네모난 모양에 빨간 과실이 듬뿍 올라간 커다란 케이크니라!』

네모난 모양에 커다란 케이크라………… 이건가?

후미야의 홀 케이크 메뉴에 있는, 딸기가 너무 많다 싶게 올라간 대인원용 케이크다.

"닌릴 님, 이건가요?"

『그래! 바로 그거니라!』

흥분한 기색으로 그렇게 외치는 닌릴 님.

바로 그거니라라니, 이거 상당히 큰데.

가격도 제법 나가서 금화 한 닢에 은화 한 닢이다.

뭐, 허용 범위 내이기는 한데. 그것보다 이걸 혼자서 먹을 셈이야?

…………지금까지의 일을 돌이켜보면 닌릴 님이라는 유감 여신은 가능할 테지.

응, 녀석은 혼자서 으하~ 같은 탄성을 지르며 먹을 것 같아.

신이니까 병에는 잘 걸리지 않는 모양이지만, 절대 안 걸리는 건 아니라는 투로 말했었지.

당뇨에 걸리지 않게 조심하라고.

……내 생각을 읽을 수 있을 텐데도 흥분해서 전혀 눈치채지 못하잖아.

하하하, 역시 닌릴 님(유감 여신)이야.

그런 생각을 하면서 엄청나게 커다란 케이크를 카트에 넣었다.

『다음은 나지?! 후후후, 솔직히 말하자면 나도 전부터 노리던 크림이 있었거든~.』

키샤르 님이 기뻐하며 그렇게 말했다.

어이 어이, 금화 한 닢 정도라는 걸 잊으면 안 된다고.

미용 제품은 비싼 건 상당히 비싸니까 자중해주세요.

키샤르 님의 이야기를 들어보니, 원하는 것은 밤에 쓰는 크림이라고 한다.

"어디 보자, 어느 메이커인지 기억하시나요?"

『분명…… 그거, 거기 거야.』

내가 인터넷 슈퍼의 메뉴를 가리키면서 묻자, SHISYOUDO 부분에서 목소리가 커졌다.

밤에 쓰는 크림이라는 건, 나이트 크림인가 하는 거겠지?

나이트 크림을 살펴보는 사이 다시 키샤르 님의 목소리가 들려왔다.

『그거! 그거야!』

어? 이거?

우와, 비싸!

가격이 금화 한 닢에 은화 두 닢.

게다가 이 가격에 크림 용량은 50그램밖에 안 되잖아…….

무, 뭐, 이 정도라면 허용 범위 내지만.

아무튼, 50그램이 금화 한 닢에 은화 두 닢이라니…… 미용 제품 무시무시하네.

"다음은……."

『나야!』

아그니 님의 기운찬 목소리가 머릿속에 울렸다.

"아그니 님은 역시 맥주인가요?"

『그래. 하지만 한 사람당 하나잖아? 맥주 한 상자면 금화 한 닢이 안 되니까, 어쩐지 손해 보는 느낌이야.』

확실히.

비싼 편인 A사의 프리미엄 맥주나 Y비스 맥주를 상자째 산다고 해도 금화 한 닢은 안 되니까.

그러고 보니…….

지난번 외부 상점 리큐어 샵 다나카를 확인해보던 때 슬쩍 봐

됐던 게 있었는데.

어디 보자………… 아, 있다. 있어.

리큐어 샵 다나카 화면을 보면서 확인해나가다, 전에 봤던 것을 발견했다.

"이건 어떠신가요?"

내가 아그니 님에게 소개한 것은 검은 병에 황금 라벨이 붙은 고급스러운 느낌의 살짝 비싼 맥주 선물 세트였다.

30병 들이로, 가격은 금화 한 닢이다.

"'양조가가 고집한 꿈의 맥주'라고 하네요. 살짝 쌉쌀하면서도 깊은 맛으로, 평범한 맥주들과는 차원이 다른 맛이라고 쓰여 있습니다."

『오오, 그거 좋은데! 꿈의 맥주라는 이름도 좋은걸. 그걸로 하겠어.』

꿈의 맥주를 구입.

"다음은 루카 님이죠?"

『…………바로 먹을 수 있는 맛있는 고기를 먹고 싶어.』

바로 먹을 수 있는 고기라는 건 이미 조리가 된 걸 말하는 거지?

한 사람당 하나씩이라고 말했는데, 금화 한 닢이나 하는 조리가 된 고기는 아무리 인터넷 슈퍼라고 해도 안 팔지 않을까…………, 아!

혹시나 하고 선물 메뉴를 확인해보았다.

꽤 있잖아.

국산 브랜드인 전골용 쇠고기라든가, 샤부샤부용, 숯불구이용도 있네.

맛있겠다.

아니, 루카 님이 바란 건 바로 먹을 수 있는 거니까, 햄 같은 게 좋을지도 모르겠는걸.

어디 보자………… 아, 이거면 괜찮을지도.

"루카 님, 이거 어떠신가요?"

내가 루카 님에게 추천한 것은 국산의 엄선된 브랜드 돼지고기 햄과 돼지고기 구이 모둠이었다.

"이거라면 잘라서 그대로 먹을 수 있고, 이 햄은 두툼하게 잘라서 불에 살짝 구워 햄스테이크로 먹어도 맛있답니다."

『이세계의, 고기………… 아주 좋아. 추르릅.』

어이, 방금 군침을 흘리시지 않았나요?

루카 님의 이 반응을 보건대…….

"이거면 될까요?"

『응.』

즉답이었습니다.

우리 집에서도 명절 때라든가 가끔 선물로 받았었는데, 이런 고급 햄은 맛있지.

이걸 깍둑썰기해서 살짝 구운 다음 홀 그레인 머스터드를 찍어서 먹으면, 맥주 안주로는 최고라니까.

아, 이런 이런, 안 되지. 다음.

"다음은 헤파이스토스 님과 바하근 님이죠?"

『그래, 우리일세. 우리가 부탁할 건 이미 정해져 있다네.』

『맞아. 드디어 그걸 부탁할 수 있게 됐어.』

『우리가 원하는 건, 세계 제일의 위스키 12년산일세(이다)!』

그렇게 나오는 건가.

분명 12년산은 금화 한 닢에 은화 두 닢이었던가.

그 위인 18년 산은 가격이 훌쩍 뛰고, 25년산 같은 경우엔 수십만 엔이었지.

뭐, 그에 비하면 금화 한 닢과 은화 두 닢은 예산 면에서 허용 범위 내니까 나은 편이라고 해야 하려나.

"그걸 각각 한 병씩 드리면 되는 건가요?"

『그래. 한 사람당 한 병씩일세.』

『맞아. 이 술은 특히 찬찬히 맛보고 싶거든.』

그런고로, 국산 메이커인 세계 제일의 위스키 12년산을 두 병 카트에 담았다.

좋아, 이걸로 다 됐지?

각각의 물건을 다시 종이 상자 제단 위에 올려놓았다.

"그럼, 여러분. 받아주십시오."

그 말과 함께 종이 상자 제단 위의 물건들이 사라졌다.

다시 신들의 환성이 일었다.

그 직후⋯⋯⋯⋯.

『너희들, 모여서 무엇을 하는 것이냐?』

탁한 영감님의 목소리가 아주 분명하게 들려왔다.

『으헉.』

『으엇.』

『꺄악.』

『앗.』

『크윽.』

『컥.』

신들의 놀란 목소리가 들려왔다.

ｍ차, 창조신님………….ᒐ

뭐, 뭣이라───?!

◇ ◇ ◇ ◇ ◇

『그래서, 무얼 하고 있는 것이냐?』

가장 높은 창조신님을 앞에 둔 신들이 『저기……』라느니 『그게……』라느니 하며 할 말을 찾지 못하고 있었다.

『이건 닌릴이 설명하도록 해. 네가 제일 먼저 이세계 군이랑 만났으니까.』

『그래, 맞아.』

『……닌릴이 적임.』

『가장 처음 발견한 건 네가 아니냐.』

『이런 건 제일 오래 교류한 녀석이 적임이지.』

다른 여신들과 애주가 콤비가 닌릴 님에게 설명을 떠넘겼다.

어이, 다들 너무하네.

『어, 어째서 이 몸이 해야 하느냐! 너희들이 해도 되지 않느냐!』

『무슨 말이야. 이세계 군의 덕을 가장 많이 본 건 닌릴이니까,

닌릴이 설명하는 게 당연하지!』

이 떠넘기는 솜씨는 키샤르 님인가?

『이 보아라, 이야기는 정리되었느냐?』

『기다리시게 해서 죄송합니다. 닌릴이 대표로 설명할 겁니다.』

『우으으으, 키샤르. 그리고 너희들도 나중에 두고 보겠느니라.』

닌릴 님이 원망 가득한 목소리가 들려왔다.

『닌릴이 설명하는 것이냐? 그래, 어찌 된 것인지 어서 설명해 보아라.』

설명을 재촉하는 창조신님의 가차 없는 목소리.

『아니, 그게, 저기⋯⋯⋯⋯⋯⋯.』

닌릴 님이 마지 못해 지금까지 나와 있었던 일들을 이야기해나 갔다.

『그러니까, 무슨 말이냐? 닌릴. 너는 용사 소환 의식으로 불려 온 이세계인이 이세계의 음식 등을 가져올 수 있는 매우 희한한 '인터넷 슈퍼'라는 고유 스킬을 갖고 있다는 사실을 알고, 가호를 내려주는 대신에 이세계의 것들을 내놓으라 그리 말했다는 것이냐? 그걸 안 키샤르, 아그니, 루사루카, 헤파이스토스, 바하근은 거기에 가담했다는 뜻이고?』

창조신님의 말은 사실이었던지라 아무도 부정하지 못한 채 입을 꾹 다물었다.

『멍청한 놈들 같으니━━━!!!』

한순간 움찔하고 놀랄 정도의 노성.

신들에게 창조신님의 벼락이 떨어졌다.

『너희는 신이면서, 지켜보아야 할 지상의 백성을 등쳐 먹다니! 그 무슨 짓이냐!』

『아, 아니, 등쳐 먹은 건 아니니라, 가 아니라, 등쳐 먹지 않았습니다니라. 모두 확실하게 가호도 내렸고……..』

닌릴 님, 당황해서 창조신님 상대로 ~니라 같은 말투를 쓰고 있잖아.

『가호를 내렸다고 해서 그 대가를 요구하는 것 자체가 이상하지 않으냐! 너희는, 지금까지 가호를 내린 대상에게 무언가를 요구했던 적이 있느냐? 응? 말해보아라.』

『우으으음…….』

『그, 그건…….』

『저기…….』

『…………..』

『아, 아니, 그게 그러니까…….』

『그게, 그…….』

창조신님이 따져 물었지만, 신들은 답하지 못했다.

『대답이 궁하다는 것은 그런 일은 하지 않았다는 뜻일 터. 애초에 가호란 자신이 기대를 건 자에게 이 세계를 더욱 나은 세계로 만들어주길 바라며 내리는 것이다. 그것은 너희도 잘 알지 않느냐?』

창조신님의 그 말에 신들은 대꾸할 말이 없는 모양이었다.

이야기만 했을 뿐, 실제로는 어느 신과도 만난 적 없고, 어떤 모습인지도 모르지만, 하나같이 풀이 죽어 축 처져 있는 모습이 눈에 보이는 것만 같았다.

『그 정도로 이세계의 것이 너희를 사로잡은 것이냐? 그래, 내가 한번 보자꾸나. 내놔 보아라.』

부스럭대는 소리가 들렸다.

창조신님의 말에 떨떠름하게 방금 받은 물건들을 내보이고 있는 모양이었다.

『너희, 이렇게나 많이 받은 것이냐……. 벌로서 이것들은 전부 압수하겠다.』

『『『『그, 그런!』』』』』

이런~ 전부 압수당한 거야?

신들은 이세계의 물건에 푹 빠져 있는데 괜찮으려나?

닌릴 님이 케이크 없이 버틸 수 있을 거라고는 생각할 수 없는데.

키샤르 님도 노리고 있던 고급 나이트 크림을 방금 손에 넣은 참인데.

아그니 님도 매일 저녁 반주로 맥주를 마신다고 했었고.

루카 님도 평소에는 반응이 약한데, 오늘은 햄 선물 세트에 상당히 흥미를 보였다고.

애주가 콤비에 이르러서는 위스키 없이 생활이 가능할까 싶은 수준이라고.

그렇게 생각하면 전부 압수라는 건, 어쩐지 조금 불쌍한 기분이 들었다.

분명 일주일에 한 번 공물을 바치는 건 성가시지만, 신들에게 받은 가호는 일단 도움이 되기도 했으니까.

특히 위험한 던전에 들어갈 때 말이지.

지금까지의 인연도 있으니 살짝 도움의 손길을 내밀어 볼까?

"저, 저기, 창조신님. 잠깐 괜찮으실까요?"

나는 긴장하며 창조신님께 말을 걸었다.

『오오, 예의 그 이세계인인가. 나는 이 세계의 창조신 데미우르고스라고 한다. 너에게는 이것저것 폐를 끼쳤구나. 미안하다.』

"무코다라고 합니다. 잘 부탁드립니다. 폐라니, 무슨요…….
이 세계에 소환됐을 당시에는 아무래도 어떡하나 싶었지만, 지금은 좋은 만남도 있었고 해서 어찌어찌 이 세계에서 생활해나가고 있습니다."

지금은 페르와 드라 짱과 스이도 있고, 여러 사람과 알게 되어 나름대로 즐겁게 지내고 있으니까.

애초에 가장 큰 원인은 용사 소환이라는 의식을 해버린 레이세헬 왕국이고, 그중에서도 그걸 명령했을 터인 수상쩍은 그 돼지 왕이 제일 나쁘지.

『돼지 왕이라……. 그 나라는 참으로 변변찮은 일을 해왔지만, 지금의 왕이 자리에 오른 후 더욱 심해졌지.』

이런, 신에게는 내 생각이 빤히 다 보이는 거였지.

입이 험해서 죄송합니다.

『제 주머니를 불리고 자신도 불어버린 그 녀석이 돼지 왕이라는 건, 분명 틀리지 않은 말이라 보네. 나도 말이지, 이제 그만 그 나라를 어떻게든 해야겠다고 생각하던 참이야. 사실 신이 지상의 일에 직접 손을 대서는 안 될 일이지만……. 허나, 그 나라는 금기라고도 일컬어지는 용사 소환 의식을 한 번도 아니고 두 번이나 하려 하고 있으니 어쩔 수 없지 않겠나?』

"네? 두 번이라니, 우리가 소환된 다음에도 또 시도하려는 건 가요?"

『그게 말이지………….』

그리고 창조신님에게 들은 것은 그 수상쩍은 돼지 왕이 다스리는 레이세헬 왕국의 사정과 나와 함께 일본에서 소환된 용사인 고등학생 3인조에 관한 이야기였다.

『자네, 레이세헬 왕국이 전쟁 중이라는 건 알고 있는가?』

"네. 분명 이웃 나라인 마르베일 왕국과……."

내가 서둘러 그 나라를 떠나기로 마음먹었던 이유도 전쟁이 곧 시작될 것 같았기 때문이기도 했으니까.

『그러하다. 그리고 그 전쟁에 자네 이외의 용사 셋을 내보낼 셈이었던 모양이더군.』

우와…… 아니, 그 나라라면 벌일 만한 짓일지도 모르겠네.

그 스테이터스를 생각하면, 어느 정도 레벨 업 하고 나면 이리저리 구슬려서 전쟁에 내보내는 일쯤은 하고도 남을 듯했다.

"그래서, 그 세 사람은 어떻게 되었습니까?"

나를 대하는 태도는 그다지 좋지 않았지만, 같은 일본 출신이니 신경이 쓰이기는 했다.

정말로 전쟁에 내보내졌다면…….

『그건 괜찮네. 그놈들의 지저분한 수법을 깨달은 세 사람은 함께 그 나라에서 도망쳤으니 말이지.』

창조신님의 이야기에 따르면 세 사람에게는 미남 미녀 지도자를 붙이고, 서로 가까워졌을 때 '예속의 팔찌'라는 마도구를 선물이라는 이름으로 몸에 지니게 해서 노예처럼 부리려 했다고 한다.

실제로 세 사람 중 한 명, 리오라는 이름의 여자아이(분명 키가 작은 단발머리 모양의 귀여운 여자아이였지)는 '예속의 팔찌'가 채워져 위험했단다.

레벨 업을 위해 마물 토벌을 하러 갔던 곳에서 벌어진 전투 중에 '예속의 팔찌'가 채워졌던 왼팔을 잃었고…….

다행인지 불행인지 그것으로 리오라는 아이는 제정신을 되찾았고, 먼저 상황을 눈치챘던 두 사람과 함께 레이세헬 왕국에서 도망쳤다고 한다.

"그래서 그 세 사람은 지금 어디에 있습니까? 그리고 리오라는 아이는 왼팔을 잃었다니…….."

나도 조사해보고 안 거지만, 그 나라를 나왔다고 해도 주변 나라가 전부 좋은 나라인 것은 아니었다.

『걱정하지 말게. 지금, 그 세 사람은 마르베일 왕국에서 지낸다네. 자네와 마찬가지로 모험가가 되어 셋이 파티로 활동하고 있지.』

오오, 그렇구나.

조금 안심인걸.

하지만, 마르베일 왕국이라.

레이세헬 왕국과 한창 전쟁 중인 나라잖아. '용사'라는 칭호도 있으니, 이번에는 마르베일 왕국의 왕후 귀족이 어떤 간섭을 해 오거나 하지 않을까?

『그 점은 현재로서는 괜찮아. 왕궁 쪽에서도 세 사람에 관해 파악하고 있는 모양이지만, 이렇다 할 접촉은 없다네. 마르베일 왕국은 강한 자들이 많은 나라거든. 지금의 '용사' 세 사람보다 강한 이들도 여럿 있으니, 특별히 접촉할 필요성을 느끼지 못하나 보더군. 오히려 '용사' 세 사람을 지금의 전쟁에 내보냈다간 레이세헬 왕국에 트집을 잡힐 위험성이 높다고 느끼는 모양일세.』

확실히.

지금까지의 이야기를 들은 바로는, 유괴를 하고 마법과 마도구를 써서 강제로 이용하려고 했던 그 나라라면 태연하게 트집을 잡으려 들 것 같았다.

정말이지, 그 나라는 어찌할 도리도 없네.

『그래. 자네 말대로야. 그 나라는 자국의 실력도 모르고, 영토 확장이라는 이유로 여기에도 저기에도 손을 대고 있으니 말이지. 몇 번이고 손을 대니, 결국에는 마르베일 왕도 화가 머리끝까지 치밀어 오른 모양이더군.』

마르베일 왕국도 더는 참을 수 없었는지, 이번 전쟁에서는 레이세헬 왕국을 망국으로 만들기 위해 움직이고 있다고 한다.

『이번에는 번번이 공격을 당했던 마족 나라도 움직이고 있지.』

그러고 보니 마족령과 접하고 있는 것은 마르베일 왕국과 레이세헬 왕국이었지.

마르베일 왕국은 마족령은 기본적으로 서로 간섭하지 않지만, 전혀 교류가 없는 것은 아닌 모양인지 이번 전쟁에서 레이세헬 왕국을 망국으로 만드는 데 마족의 나라도 협력하고 있다고 한다.

그런 나라와 국경을 맞대고 있는 것만으로도 더할 나위 없이 성가실 테니, 그야 마족의 나라도 기꺼이 협력하겠지.

『내가 손을 댈 것도 없이, 레이세헬 왕국은 조만간 멸망하게 될 걸세.』

뭐, 왕이 그 모양이니까.

"아, 저기, 그 세 사람은 모험가가 되었다고 하셨는데, 왼팔을 잃은 여자아이도요?"

『그래. 그 아이는 지원 마법 특화인지 한쪽 팔로도 상당히 활약하고 있지.』

그렇구나, 다행이다.

아니, 다행이 아니지.

아직 10대인 여자아이가 팔을 잃다니, 큰일이라고.

어떻게 해줄 수 있으면 좋겠는데…….

아, 해줄 수 있기는 한가.

스이 특제 일릭서가 있으니까.

하지만 이걸 마르베일 왕국까지 가져다주려면…… 으음, 어쩌지…………

페르에게 부탁하면 가지 못할 것도 없을 테지만, 도중에 있는 나라가 말이지.

페르와 함께 통과하게 되면 뭔가 손을 써 올 것만 같은데.

문제가 많은 나라들뿐이라 가능하면 얽히고 싶지 않다고.

으음, 물건은 제공할 테니 그 세 사람 손에 그 물건이 들어갈 수 있도록 해달라고 창조신님께 부탁하면 안 되려나?

『왜 그러나? 한쪽 팔을 잃은 아이가 신경 쓰이는 것인가?』

"네. 역시 같은 고향 출신이니까요. 게다가, 이쪽에서는 다를 테지만 원래 세계에서는 모두 성인이 되기 전인 아이들입니다. 미래가 창창한 어린아이, 그것도 여자아이가 한쪽 팔을 잃었다는 건 역시……."

『자네는 지나치게 착하군그래. 뭐, 그게 자네의 좋은 점일 테지만. 좋네, 그 일릭서는 내가 전해주지.』

"괜찮은 건가요?"

『뭐, 이 정도라면 문제없네. 허나, 그냥 건네면 그쪽도 의심쩍어할 테지. 마침 그 세 사람은 조만간 결혼하기 위해 마르베일 왕도의 교회로 향할 모양인가 보더군. 그 김에 왕도 바로 옆에 있는 던전에도 들어갈 생각인 것 같으니, 거기서 운 좋게 일릭서를 발견한다고 하는 방법을 쓰기로 하겠네.』

………………응?

"자, 자자자자잠깐 기다려주세요. 방금, 결혼이라고 하셨나요?"

『그래. 말했네. 그 세 사람은 조만간 결혼할 걸세.』

………………**결혼**? 셋이서?

『이 세계에서는 일부다처도 드물지 않다네.』

………………**일부다처.**

그 꽃미남 고등학생과 미소녀 둘………….

『고난의 여정은 남녀의 인연을 깊어지게 하고 사랑에 불타게 하는 법이지. 우호호홋.』

………………그게 뭔 소리야?!

47

결혼? 뭐어?!

괜히 동정했어. 행복이 넘치잖아.

아, 하지만 리오라는 아이가 낫는 건 다행스러운 일이지.

그래도 말이야, 미소녀 둘을 손에 넣은 그 꽃미남 고등학생은 용서할 수 없다.

젠장, 나는 그럴 기미가 전혀 안 보이는데!

아니. 그보다, 꽃미남 폭발해버려!!!

··················.

············.

·······.

『······좀 진정이 됐는가?』

"흥분한 모습을 보여 죄송합니다."

그게, 결혼이라잖아······.

뭐, 분명 이것저것 큰일이었던 모양이고, 그 사이에 인연이 깊어졌다는 것도 이해하지 못할 건 없지만, 그 애들 아직 고등학생이라고.

10대인데 결혼은 이르잖아.

······아, 잘 생각해보니 이 세계에서는 그 아이들 나이가 결혼 적령기였지.

그렇게 생각하면 이상하지 않은가.

어라? 하지만 그렇게 되면 나는············.

큭, 그만 그만.

생각하면 생각할수록 혼자인 나는 허무해질 뿐이야.

아무래도 그 아이들은 그 아이들대로 잘해나가고 있는 모양이니까, 걱정할 필요는 없는 거겠지.

그런고로, 이 화제는 이걸로 끝.

새삼스러운 느낌도 들지만, 밑져야 본전이라는 마음으로 창조신님께 묻고 싶은 게 있는데.

"창조신님, 우리는 원래 세계로······."

『무리일세.』

네, 즉답입니다.

역시 그렇구나.

용사 소환 의식이 금기라느니 했으니까, 그 반대도 무리일 거라고 예상하긴 했지만.

『그래. 용사 소환 의식이란 애초에 차원에 구멍을 내는 행위야. 그 반대도 또한 마찬가지지. 본래, 그건 위험하기 그지없는 행위라네. 이번에는 차원의 구멍이 작기도 해서 자연히 막혀 다행이었지만, 그게 막히지 않고 커지게 되면 이 세계는 물론이고 연결된 세계도 사라지게 될 걸세.』

세계의 끝인 건가.

하지만 신이라면 어떻게든 할 수 있는 거 아냐?

『모르는 소리 말게. 신이라고 해서 뭐든 할 수 있는 게 아니야. 차원의 구멍은 커질 때는 순식간에 커지지. 차원의 붕괴일세. 그렇게 되면 어떤 신이라 해도 손 쓸 도리가 없어.』

우오오, 그런 위험한 일이었던 거야?

이쪽 세계도 저쪽 세계도 끝나지 않아서 다행이야.

그런 위험한 용사 소환 의식을 한 레이세헬 왕국이 멸망한다고 하니 일단 안심이다.

뭐, 그 멍청한 돼지 왕은 늦든 이르든 망할 운명이었을 테지만.

권력을 가진 자가 반드시 우수하다고는 할 수 없다니까.

『달리 내게 묻고 싶은 게 있나?』

"아뇨, 궁금했던 건 다 들었으니 괜찮습니다."

『그렇다면 이제 여기에 있는 멍청이들을 어찌할지 정해야겠 군……..』

그러고 보니 신들 문제가 있었지.

조금 전엔 이야기가 샛길로 빠졌는데, 신들은 창조신님에게 야 단을 맞고 오늘의 공물을 압수당해 풀 죽어 있는 모양이었으니, 이걸로 충분하다는 생각이 들지 않는 것도 아니었다.

나로서도 가호를 받고, 상태 이상 무효화가 된 덕도 보았으니까.

페르들은 원래부터 강했지만, 가호가 생긴 덕분에 더욱 강해진 느낌도 들고.

분명 일주일에 한 번씩 공물을 바치는 일은 귀찮지만, 당치도 않은 소리만 하지 않는다면 이쯤은 허용 범위라고나 할까?

그렇게 생각하고 있으려니, 『물러』라는 창조신님의 목소리가 머리에 울렸다.

『자네는 무르군. 너무 물러. 무엇보다 가장 먼저 나에게 보고해 야 하건만 그것을 게을리하고, 게다가 자네를 등쳐 먹기까지 했 네. 마땅한 벌이 필요하겠지.』

으음, 창조신님이 그렇다면 어쩔 수 없으려나.

『우으으, 너도 좀 더 노력해보거라.』

닌릴 님의 원망하는 목소리와 다른 신들의 『맞아, 맞아』하고 동조하는 목소리가 들려왔다.

『너희들, 적당히 하지 못하겠나!』

창조신님의 그 말에 신들은 『우으』니 『크흡』이니 하는 신음을 냈다.

『너희는 한 달 동안 근신이다. 당연히 그사이에는 무코다와의 연락도 금지다. 집에서 얌전히 반성들 해.』

『그, 그러어어어언. 케, 케이크…… 이세계의 단맛…………. 그걸 맛볼 수 없다니, 이 몸은 어찌하란 말이냐아아아.』

『그, 그런……. 스킨, 로션, 에센스, 크림…… 한 달…… 떨어지기라도 하면……. 안 돼애애애애애!』

『맥주가아아아! 남아 있는 게 없다고! 한 달이나 맥주를 못 마시다니, 나는 어떡하라고!』

『과자랑 밥…………, 과자랑 밥…………, 과자랑 밥………….』

『으어어어어어어, 내, 내 위스키──!!!』

『뭐어어어?! 한 달이나 술 없이 지내라니, 그건 아니지!!』

창조신님의 명령에 신들은 아비규환이었다.

『시끄럽다. 근신을 두 달로 늘려주길 바라는 것이냐? 웅?』

창조신님이 그렇게 말하자 불만으로 가득했던 신들의 목소리가 딱 멈추었다.

『정말이지, 너희들은. 하아, 각자 자신의 궁으로 돌아가 얌전히 근신하거라.』

옷자락이 스치는 소리와 느릿하고 무거운 발걸음 소리가 멀어져 갔다.

『후우, 이런 이런. 겨우 갔군.』

뭐, 신들 여러분. 한 달 동안 힘내.

『그나저나, 무코다. 내 작은 부탁이 있다만.』

"부탁, 이요? 제가 할 수 있는 일이라면 뭐든 말씀하십시오."

상대는 이 세계에서 가장 높으신 신이니, 내가 할 수 있는 일이라면 뭐든 하고말고.

『오오, 그래. 그런가. 그것참, 그리 말해주니 고맙네. 실은 말이지…….』

창조신님의 이야기에 따르면, 실은 지구의 신과는 친구 사이로 가끔 만나기도 한단다.

지난번에 만났을 때(신의 지난번이 얼마나 예전인지 궁금한걸)도, 지구의 신에게 초대를 받아 식사를 대접받았는데…….

『거기서 지구의 신이 비장의 물건이라며 내놓은 술이 참으로 맛있었지.』

아무래도 이 창조신님도 지구의 신도 애주가로, 만나면 술을 마시면서 술에 관한 이야기꽃을 피우는 모양이었다.

그렇다고 해도 지구 쪽의 문명이 훨씬 발전해 있기 때문에 지구의 술을 마시는 경우가 많다고 했다.

『지구의 신은 요즘 일본 술에 빠져 있는 모양인지, 내놓았던 비장의 술도 일본 술이었다네. 일본은 자네의 모국이지 않은가?』

"네. 저는 일본인이니까요."

『자네라면 맛있는 일본 술을 알지 않을까 싶은데. 조르는 것은 아니지만, 가능하다면 그걸 헌상해준다면 아주 기쁠 듯싶네.』

예이예이, 알았습니다.

어찌어찌하다 무슨 일이 생겼을 때 가장 의지가 될 법한 건 창조신님이니까, 제가 할 수 있는 일은 해드리고말고요.

이것도 일종의 보험 같은 거라고 생각하면 싸게 먹히는 거지.

다만, 나도 술은 잘 모르니까 리큐어 샵 다나카의 랭킹 도움을 받아야겠지만.

판매 랭킹이니까 맛없는 술은 순위에 올라 있지 않겠지?

그런 연유로, 인터넷 슈퍼의 외부 상점 '리큐어 샵 다나카'를 오픈.

일본 술 메뉴를 확인해보고 일찌감치 단념했다.

애주가 콤비가 위스키를 좋아해서 다른 메뉴는 자세히 확인하지 않았었는데, 일본 술도 상당히 세세하게 카테고리가 나뉘어 있었다.

순미 대음양주, 대음양주, 순미 음양주, 음양주, 순미주, 본양조주, 보통주, 탁주, 스파클링 일본주 등으로 상당히 세세하게 나뉘어 있었다.

일본 술을 좋아하는 게 아니니 뭐가 뭔지 모르겠다.

이건 아무래도 곧바로 랭킹을 보는 편이 빠르겠는걸.

일본 술 월간 판매 랭킹을 보며 괜찮아 보이는 걸 세 병 골랐다.

우선 월간 랭크 3위에 군림하는 순미 대음양주다.

가격이 비싼데도 월간 판매 3위라는 것은 분명 맛있다는 뜻이리라 생각해 골랐다.

니가타현을 대표하는 술로, 창업 당시의 가게 이름을 그대로 붙인 인기 시리즈의 최고봉이다.

자극이 적고, 감칠맛이 부드럽게 조화를 이룬 술이라고 설명되어 있었다.

차게 해서 과일 풍미를 즐기는 것을 추천한다고 한다.

다음은 랭킹에서 당당하게 1위를 차지만 야마구치현의 술이다.

무려 일본 수상이 미국 대통령에게 선물하거나, 애니메이션 영화에도 나오거나 할 정도로 유명하다고 한다.

맛있는 일본 술 순위에도 당당하게 올라 있다고 쓰여 있으니, 틀림없이 맛있을 터다.

그 시리즈 중에서도 스탠더드한 한 병으로, 가장 인기 있는 상품이라고 한다.

맛이 달고 부드럽게 넘어가기 때문에 달달한 술이라 느껴지지만, 뒷맛이 깔끔해서 식사 전이나 식사 중, 어느 쪽이든 잘 어울리는 모양이었다.

마지막은 랭킹 7위이기는 했지만 "지금, 해외에서 가장 주목받고 있는 일본 술"이라고 해서 골라보았다.

무려 파리의 유명한 별 세 개 셰프에게 인정을 받으면서 인기 급상승 중이라고 한다.

남국의 과일을 연상케 하는 향에 부드러운 단맛이 질리지 않는 술이라고 설명되어 있었다.

당연히 세 병 모두 한 되들이로 샀다.

다음은 안주로 프리미엄 통조림 안주 선물 세트도 담았다.

이건 조금 비싸지만, 그대로 먹을 수 있고 맛있단 말이지.

정어리 올리브 오일 절임, 굴 훈제 오일 절임, 돼지고기 조림, 콘드비프 등등의 열두 캔 세트다.

자, 그럼 이것들을 종이 상자 제단에 올려두고…….

"창조신님, 이 세 병과 안주를 보내드리니 받아주십시오."

『오오, 이거 미안하네.』

아뇨 아뇨, 이 정도로 끝이면 싼 편이죠.

누가 뭐래도 이 세계에서 가장 높은 신이시니까요.

창조신님에게는 앞으로도 잘 부탁드립니다, 하는 마음을 담아서 정기적으로 공물을 바칠 셈이다.

그 신들도 일주일 간격이었으니, 창조신님에게도 그 정도의 간격이면 괜찮지 않을까 싶다.

그 신들과 다르게 시끄럽게 참견하지 않고 전부 이쪽에 맡겨주는 것이 감사했다.

"창조신님, 앞으로도 부디 잘 부탁드립니다."

『그래, 그래. 알고 있네. 일단은 내 가호를 내리지. (소)지만 말이야. 내가 보통 가호를 내리면 인간이 아니게 되어버리거든. 후옷후옷후옷.』

우오오, 인간이 아니게 된다니, 반신(데미 갓) 같은 게 되어버린다든가?

『그에 가까울지도 모르겠군. 인간의 몸이면서 불로불사가 되니 말이야.』

부, 불로불사라고?

엄청나네.

『왕족 같은, 시대의 권력자가 하나 같이 원하는 가호라네.』

과거에 이 세계를 구한 영웅에게 딱 한 번 내린 적이 있는데, 그때의 문헌에 불로불사 이야기가 쓰여 있다고 한다.

불로불사라고는 해도 죽지 않는 것은 아니고, 큰 부상을 입으면 죽는다고 한다. 그 영웅도 마수와의 싸움에서 입은 부상이 원인이 되어 죽었다는 모양이었다.

『분명 상대는 거기 있는 펜리르의 숙부였었지.』

무려 페르의 친족이었습니다.

그보다, 페르의 숙부라고 하니 그 펜리르도 엄청나게 강했을 테지.

그 펜리르를 상대로 싸운 영웅도 장난 아니네.

『참고로 내 가호(소)를 받을 경우, 자네라면 장수하는 하이 엘프와 비슷한 정도의 수명이 될 걸세.』

어? 장수하는 하이 엘프라니? 하이 엘프의 수명을 모르는데요?

『엘프의 수명이 약 500년. 장수하는 하이 엘프가 되면 그 세 배 정도려나? 그러니 대충 1500년쯤 되겠군.』

처, 천오백 년……?

어? 내 수명 1500년이 되어버리는 거야?

좋은 건지 나쁜 건지 모르겠는데.

이 세계를 충분히 즐길 수 있다는 점에서는 잘된 거려나?

페르도 드라 짱도 스이도 수명이 긴 모양이니까, 혼자가 될 걱정은 없을 테고.

『좋은 게 당연하지 않은가. 그 정도로 오래 살면 아무리 연애운이 없는 자네라고 해도 좋은 상대를 찾을 수 있을 거야.』

앗, 그건 일리 있네.

·················아니, 잠깐만.

그렇다면 수명을 늘려주는 것보다 연애운을 높여주는 편이 빠르잖아?

『그래서는 재미가 없지 않은가.』(소곤)

어? 창조신님. 방금 뭐라고 하셨나요?

『그럼, 슬슬 통신을 끊겠네.』

"잠깐, 창조신님 잠깐만요!"

『그럼 이만.』

아니, 창조신님!

수명이 아니라 연애운 UP으로 해주세요오오오오오!!!

날이 밝아온 지 얼마 안 된 안개가 낀 이른 아침.

아침 식사를 일찌감치 끝낸 우리 일행은 에이블링의 문 앞에 있었다.

"그럼, 드랭을 향해서 출발하죠."

"조금 더 느긋하게 있고 싶은 기분도 듭니다만, 어쩔 수 없군요. 가볼까요."

정말이지, 이 사람은 아직도 그런 말을 하고 있네.

"레드 드래곤(적룡) 해체도 해야 하잖아요. 그것 때문에 우리는 다시 드랭으로 가는 거라고요."

"그랬지요! 그 즐거운 일이 있었군요~. 우후후후후, 드라 짱과 던전에 들어갈 수 있었고, 드랭으로 돌아가도 레드 드래곤 해체라는 즐거움이 있다니, 최고입니다!"

아, 네.

나쁜 사람은 아니지만, 이 사람과 어울리고 있다 보면 때때로 엄청 피곤해진다니까.

우고르 씨가 얼마나 힘들지 알겠어.

얼른 레드 드래곤 해체를 해달라고 해서, 서둘러 드랭을 떠나야지.

"무코다 씨 일행과 함께할 수 있어서 정말로 다행이었습니다. 왕도에서 무코다 씨 일행의 이야기를 듣고 에이블링으로 왔던 저의 판단은 틀리지 않았습니다."

그렇게 절절하게 이야기하는 엘랑드 씨.

정말이지. 누가 이 사람에게 전한 건지는 모르겠지만, 쓸데없는 소리를 해줬네.

이 일로 우고르 씨한테 혼나고 싶지 않은데 말이지.

아! 참고로, 아침에 일어나자마자 내 스테이터스를 확인해봤는데, 이런 느낌이었다.

【이름】무코다(츠요시 무코다)

【나이】27

【종족】일단 인간

【직업】휩쓸린 이세계인, 모험가, 요리사

【레벨】62

【체력】405

【마력】391

【공격력】382

【방어력】379

【민첩성】324

【스킬】감정, 아이템 박스, 불 마법, 흙 마법, 완전 방어, 획득 경험치 두 배 증가

　　　　사역마(계약 마수) 펜리르, 휴즈 슬라임, 픽시 드래곤

【고유 스킬】인터넷 슈퍼

　　　　《외부 브랜드》후미야, 리큐어 샵 다나카

【가호】바람의 여신 닌릴의 가호(소), 불의 여신 아그니의 가호(소), 대지의 여신 키샤르의 가호(소), 창조신 데미우르고스의 가호(소)

　이세계인이기 때문인지는 모르겠지만, 지금까지는【종족】이 없었는데 생겼다.

　데미우르고스 님의 가호가 붙으면서 이 세계에 인정을 받게 된 것일까? 잘 모르겠다.

게다가 더욱 잘 모르겠는 건 【종족】 '일단 인간'이라니, 일단 인간의 일단이 대체 뭔데?

데미우르고스 님의 가호는 지나치게 강하다고 들었으니, 그 영향일 테지만, 일단이라니 너무하잖아.

인간에서 벗어난 듯한 기분이라 아무래도⋯⋯.

수명도 1500년 정도가 되었다는 모양이고.

이것도 페르들에게 나중에 알려줘야지.

이제 와서 생각해본들 어찌할 도리 없으니, 어떻게든 되겠지.

우선 지금은 서둘러 드랭으로 가볼까.

◇ ◇ ◇ ◇ ◇

"아, 드랭이 보이기 시작하네요. 해가 지기 전에 도착해서 다행이에요."

"벌써 도착해버렸군요."

어쩐지 아쉬운 듯 그리 말하는 엘랑드 씨.

"자, 서둘러 도시로 들어가서 모험가 길드로 가죠."

분명 우고르 씨가 잔뜩 벼르며 기다리고 있을 거야.

"스이는 정말 우수하군요. 여기까지 오는 데 걸리는 날짜도 절반도 더 줄었습니다. 뭐, 스이만이 아니라 여러분 모두 우수하지만요."

응, 그렇지.

다들 뛰어나서 아주 큰 도움이 돼.

내가 S랭크 모험가가 될 수 있었던 것도 모두 덕분이고.

그리고 아무런 부자유 없이 모험가로서 활동하는 것도 다 모두가 있기 때문인걸.

특히 스이의 성장은 눈부시지.

그 덕분에 엘랑드 씨가 있어도 이렇게 빠르게 드랭에 도착할 수 있었고.

나는 언제나 그렇듯 페르의 등에 올라탔고, 엘랑드 씨는 1인용 카트 정도 크기가 된 스이에 탄 채로 이동했다.

처음에는 놀랐던 엘랑드 씨도 이젠 익숙한지 무척이나 신나 했다.

엘랑드 씨도 있는지라, 평소 우리의 여행 진행 속도와 비교하면 느린 편이기는 했지만, 그래도 보통 걸리는 날짜보다는 상당히 빠른 여행길이었다고 생각한다.

"밥은 맛있지, 스이의 승차감은 발군이지, 밤에도 푹 잘 수 있지, 정말이지 최고의 여행이었습니다. 이런 여행이라면 더 계속되었으면 싶을 정도랍니다."

엘랑드 씨가 그렇게 말하자, 드라 짱의 싫은 기색 가득한 염화가 간발의 차이로 머릿속에 울렸다.

『이 녀석이랑은 두 번 다시 여행 안 해.』

드라 짱, 살짝 역정이 나셨습니다.

드래곤을 좋아하는 엘랑드 씨가 사사건건 드라 짱을 귀찮게 했거든.

기분은 이해하지만, 드라 짱이 싫어한다고 말해도 들은 척도 하지 않았다니까.

당장은 "알았습니다" 하고 말하지만, 금세 또…….

뭐, 드래곤 LOVE인 사람이니까 드라 짱이 신경 쓰이는 것도 이해는 돼.

사실 우리가 있는 곳으로 온 것도 다 드라 짱을 노린 거였고.

그러나 결국 드라 짱 마음은 전혀 얻지 못했지만.

『이제 곧 엘랑드 씨와도 헤어지니까, 조금만 더 참아줘.』

그렇게 드라 짱에게 염화를 보내자 『쳇, 어쩔 수 없네. 오늘은 오랜만에 거북이 고기가 먹고 싶어』라는 답이 돌아왔다.

네네, 오늘 저녁은 드라 짱이 원하는 자라 전골로 하겠습니다.

"그럼, 가죠. 엘랑드 씨."

"네."

우리는 문에 길게 늘어선 줄을 무시하고 그대로 문 앞까지 나아갔다.

줄을 선 사람들이 커다란 늑대(페르)에 올라탄 나와 커다란 슬라임(스이)에 올라탄 엘랑드 씨를 보고 깜짝 놀랐지만.

잘 생각해보면, 슬라임을 탄 엘프라니. 초현실적인 그림이네.

갑자기 줄을 무시하고 앞으로 나온 우리의 모습에 문지기분도 놀랐지만, 엘랑드 씨의 얼굴을 확인하자 그대로 곧장 드랭 안으로 들여보내 주었다.

이런 점은 역시 길드 마스터구나.

그럼, 마지막 관문.

문을 들어선 바로 앞에 있는 모험가 길드로, 가봅시다.

마르베일 왕국에 도착한 우리는 모험가로서 살아갔다.

모험가 길드 카드를 소지하고 있었으니, 그것이 가장 빠르고 간단했기 때문이다.

처음에 들어갔던 국경 마을인 람펠트 마을에서 지금까지 처리했던 오크 등의 마물 절반을 팔아 여행 자금을 확보했다.

그 후 며칠은 마을에서 숙소를 잡고 느긋하게 쉬었다.

그때까지는 안심하고 잠들 수 없었기 때문에, 나도 카논도 리오도 몹시 지쳐 있었다.

그렇게 푹 쉰 다음, 마을 사람들에게 들은 이곳에서 가장 가깝고 나름대로 큰 도시로 향하기로 했다.

그 도시가 바로 지금 우리가 메인으로 활동하고 있는 오르로바라는 도시였다.

우리는 이 도시에 온 후로 줄곧 모험가로서 활동해왔다.

그 덕분에 C까지 랭크를 올릴 수 있었다.

한때는 어찌 되려나 싶었는데, 지금은 이렇게 모험가가 되어 어떻게든 살아가고 있었다.

카논도 리오도 전처럼 미소가 늘었고, 무사히 이 나라에 올 수 있어서 정말 다행이라고 생각했다.

모험가 일은 몸이 자본이고, 모든 것이 자기 책임인 만큼 힘든 부분도 있었다. 그러나 우리 세 사람은 서로를 도와가며, 지금은 이세계에서 자유를 구가하고 있었다.

◇ ◇ ◇ ◇ ◇

"이 의뢰가 괜찮지 않을까? 이거라면 당일로 다녀올 수 있을 테고."

그렇게 말하며 카논이 손가락으로 한 곳을 가리켰다. 그것은 오크 다섯 마리 토벌이라는 의뢰서였다.

조건은 오크를 다섯 마리를 그대로 가지고 돌아오는 것이었고, 손상이 적으면 보수가 올라간다고 되어 있었다.

"나도 괜찮을 것 같아."

그렇게 말하며 리오도 카논에게 동의했다.

오크는 인기 있는 식재료다.

나도 카논도 리오도, 이족 보행이라는 이유로 처음에는 기피감이 심했지만, 이 세계에서 오크 고기는 딱히 드물지도 않은 평범한 식재료로 취급되고 있었다.

로마에 가면 로마 법을 따라야 하는 법. 우리도 시험 삼아 먹어 보았는데, 그게 평범하게 맛있었다.

일본에서 먹었던 브랜드 돼지고기 같은 느낌이었다.

오크라고 의식하지 않으면 아무렇지 않게 먹을 수 있었다.

지금은 기피감도 옅어져서 태연하게 먹는다.

이 세계의 감각으로 오크 고기는 살짝 좋은 고기라는 느낌으로, 인기가 좋다.

오크 고기 요리를 간판 요리로 삼고 있는 가게도 많을 정도다.

그런고로 수요도 많아서, 오크 토벌 의뢰는 상시 의뢰 같은 느낌으로 언제나 나 붙어 있었다.

"오크 다섯 마리라. 우리라면 괜찮겠네. 그보다, 오크는 수요도 있으니까 다섯 마리가 아니라 그 이상 사냥해 오자."

"그러네. 우리라면 가능할 거야."

"응."

보통 모험가 파티라면 매직 백이나 아이템 박스를 가진 멤버가 없는 한은 가지고 돌아오는 것만으로도 큰일이지만, 우리는 세 사람 모두 아이템 박스를 갖고 있다.

게다가 거의 무제한으로 물건을 넣을 수 있다.

우리는 게시판의 의뢰서를 떼어내서 이 도시에 온 후로 친숙해진 접수처 직원에게로 가져갔다.

"자, 그럼 오크 사냥하러 가볼까."

나와 카논과 리오는 오크가 있는 이 도시의 남동쪽 숲으로 향했다.

"쉿…… 오크가 있어."

"세 마리네. 아까 말했던 대로, 평소처럼. 리오, 부탁해."

"응, 알았어."

리오가 특기인 물 마법을 영창 없이 사용했다.

오크 머리 위에 워터 볼이 생겼다.

그 워터 볼이 오크 머리를 푹 덮쳤다.

숨을 쉴 수 없게 된 오크가 혼란스러워하며 필사적으로 워터 볼에서 벗어나려 했다.

그 틈에 우리는…….

"카논, 가자."

"응."

나는 롱 소드를, 카논은 창을 손에 들고 뛰쳐나갔다.

"하앗! 하아!"

"야앗!"

내가 두 마리, 카논이 한 마리. 제각기 오크의 심장을 단번에 꿰뚫었다.

세 마리의 오크가 힘없이 쓰러졌다.

이 오크 사냥 방식은 여러 가지로 시험해본 결과 우리가 고안해낸 방법이다.

이 방법이 가장 힘을 들이지 않고 확실하게 오크를 사냥할 수 있고, 또 손상이 적은 사냥법이었다.

"좋아, 앞으로 두 마리 남았어."

카논이 사냥한 오크를 아이템 박스에 넣으면서 그렇게 말았다.

"그래. 하지만 다섯 마리에 연연하지 말고 사냥할 수 있는 만큼 사냥해 가자고."

내 말에 가까이 와 있던 리오가 고개를 끄덕였다.

"이제 곧 집세도 내야 하니까. 벌 수 있을 때 벌어둬야 해."

리오의 말에 나도 크게 고개를 끄덕였다.

우리는 이 도시에서 숙소가 아니라 집 한 채를 빌렸다.

처음에는 숙소에 묵었지만, 계산해보니 숙박비도 무시할 수 없었다.

이 돈이라면 집을 빌리는 편이 싸지 않을까 하는 말을 리오가 꺼냈고, 우리는 집을 빌리기로 했다.

그리고 운 좋게 빌릴 수 있었던 것이 지금의 집이다.

조금 낡았지만, 각자 쓸 수 있는 방이 있었고 집세도 우리가 충분히 낼 수 있는 정도였다.

모험가 길드에서 조금 거리가 멀지만, 상인 소유였던 그 집에는 자그마한 욕조가 딸려 있던 것이 그 집으로 정하게 된 결정적인 이유가 되었다.

이 세계에서 욕조에 들어가 목욕할 수 있는 것은 큰 상인이나 귀족 정도지만, 일본인인 우리에게 목욕하지 못한다는 것은 힘든 일이니까.

마석을 보충하지 않으면 욕조를 쓸 수 없다고 하는데, 물 마법이 특기인 리오와 불 마법이 특기인 카이토가 있으니 어떻게든 되지 않을까? 라고 카논이 말했다.

실제로 해보니 어떻게든 쓸 수 있었다.

리오가 물 마법으로 욕조에 물을 채우고 거기에 내가 손바닥만 한 크기의 파이어 볼을 넣었는데, 처음에는 온도를 조절하느라 꽤 고생했다.

지금은 익숙해졌지만.

나는, 나와 카논과 리오가 자유롭게 지내는 지금의 생활이 마음에 든다.

이 생활을 유지하기 위해서도, 우리는 이렇게 열심히 의뢰를 받아 하루하루를 보냈다.

"카이토, 카논. 오크야."

자그마한 목소리로 리오가 그렇게 말했다.

리오가 보고 있는 방향을 보니…….

"오크 네 마리네. 카이토, 리오. 아까와 같은 방법으로 가자."

"그래."

"응."

◇ ◇ ◇ ◇ ◇

"후우."

방금 사냥한 오크 세 마리를 아이템 박스에 넣었다.

"오늘은 이 정도로 해둘까."

우리는 최종적으로 오크 열여섯 마리를 사냥하는 데 성공했다.

제법 괜찮은 성과다.

"그래. 그보다, 배고파~."

카논이 그렇게 말했다.

듣고 보니 확실히 그러네.

꼬르르르륵~——.

공복을 의식했더니 내 배에서 꼬르륵 소리가 울렸다.

그 소리를 듣고 카논과 리오가 키득키득 웃었다.

"웃지 마. 배가 고파서 그런 거니까 어쩔 수 없잖아."

"미안 미안. 점심시간이 한참 지나기는 했지만, 식사를 하고서 돌아갈까?"

리오가 그렇게 말하자 카논이 "그래, 그렇게 하자"라며 들떠서 떠들었다.

숲속에서도 비교적 안전한 곳까지 이동한 우리는 느지막한 점심을 먹기로 했다.

리오가 아이템 박스에서 냄비를 꺼냈다.

우리 아이템 박스는 시간 정지 상태이기 때문에 뜨끈뜨끈한 채였다.

"맛있는 냄새~."

카논이 못 참겠다는 듯이 자신의 그릇을 들며 그렇게 말했다.

"오늘은 스튜야."

리오가 냄비를 저으면서 그렇게 말했다.

스튜 루가 없는데 어떻게 만들 수 있는 것인지 신기했다. 리오가 밀가루를 써서 어쩌고저쩌고 이야기했었는데.

나로서는 전혀 알아들을 수 없었다.

"카이토, 그릇."

"아아."

카논은 이미 덜었나 보다.

나도 리오에게 그릇을 내밀었고, 거기에 스튜를 가득 덜어주었다.

"그럼, 먹을까?"

"응."

"그래."

""잘 먹겠습니다.""

스튜를 입에 넣자 채소의 부드러운 단맛과 크리미한 맛이 입안 가득 퍼져갔다.

역시 리오가 만든 밥은 맛있다.

"맛있어~. 역시 이런 데서 따뜻한 밥을 먹을 수 있다는 건 좋네."

카논 말대로다.

처음에는 밥도 노점에서 사서 아이템 박스에 넣어두곤 했었는데, 생각보다 식비가 많이 들었다.

그래서 휴대식도 시험해보았는데, 이게 어찌나 맛이 없던지.

그런 건 사람이 먹을 게 못 된다고.

그렇다면 직접 만들어 먹자는 이야기가 되었고, 거기서 대활약을 한 것이 리오였다.

"아아, 리오 님 만만세야."

"무슨. 이런 건 누구나 다 하는걸."

리오는 겸손하게 언제나 그렇게 말했지만, 상당히 요리를 잘한다고 생각한다.

"어차피 나는 요리 못 하거든요."

"그런. 카논도 도와줬잖아. 나는 손이 이러니까, 껍질 벗기기 같은 건 전부 카논한테 맡기고 있는걸."

"그 껍질 벗기기조차도 처음에는 정말 고생했지만 말이지. 이럴 줄 알았으면 엄마를 제대로 도와주면서 배워둘 걸 그랬다고 후회했었어."

"하지만 카논은 세탁 같은 걸 솔선해서 해주잖아."

"세탁 같은 건 마법으로 어떻게든 되거든. 역시 요리라니까. 어째서 내가 간을 하면 맛이 없는 걸까?"

카논에게는 미안하지만, 요리는 리오에게 맡겨두는 것이 제일이다.

그러면 불만 없는 맛있는 음식을 먹을 수 있다.

그렇다고는 해도……

"나로서는 두 사람 다 대단해 보여. 나는 가사를 전혀 못 하거든!"

요리? 세탁? 그게 뭔데?

내가 그런 걸 할 수 있을 리 없잖아.

"카이토, 그거 당당하게 할 소리가 아니야."

"후후후, 그렇다니까."

카논은 어이없다는 표정이었고, 리오는 웃고 있었다.

"아, 유일하게 할 수 있는 게 있었어. 목욕물 데우기."

"아하하, 확실히 그러네. 목욕물 데우기는 카이토가 제일 잘할지도."

"하지만 카이토는 그것뿐이거든. 그러니까 카이토는 나랑 리오한테 더욱 감사하도록 해."

"네네, 두 사람한테는 감사하고 있다니까."

그렇게 말하자 카논과 리오가 웃었다.

힘든 일도 있었다.

여기는 일본도 아니고, 불편한 것도 잔뜩 있었다.
그러나 카논과 리오와 지내는 지금이 행복하다고 느꼈다.
이 생활을 지키기 위해서도 모험가로서 노력해야지.

오랜만에 찾은 드랭의 모험가 길드.

"다녀왔습니다~."

엘랑드 씨의 느긋한 목소리가 울렸다.

아, 엘랑드 씨를 본 직원분이 달려갔어.

우고르 씨를 부르러 간 거겠지.

잠시 후, 다급하게 서두르는 발소리와 함께 우고르 씨가 나타났다.

"아, 우고르 군. 다녀왔어."

"…………다녀왔어가 아닙니다! 이 멍청아―――!!!"

우고르 씨의 화난 목소리가 모험가 길드에 울려 퍼졌다.

우연히 그 자리에 있던 울끈불끈 마초 모험가들까지 움찔했다.

"왕도에서 용건을 마치면 곧장 돌아와 달라고 그렇게나 말하지 않았습니까! 그런데, 그런데, 어째서 에이블링 던전에 들어간 겁니까?! 정말이지, 정말이지, 당신이라는 사람은――!!"

우고르 씨, 불같이 화내고 있어.

"아, 아니 그게, 그만 돌아갈까 하던 때 말이지, 무코다 씨가 에이블링 던전으로 향한다는 이야기를 듣고, 나도 꼭 함께하고 싶다 생각해서…….."

불같이 화를 내는 우고르 씨 앞에서는 엘랑드 씨도 쩔쩔맸다.

"무코다 씨가 에이블링에 가는 게 뭐 어쨌다는 겁니까? 어째서 당신까지 갈 필요가 있는 겁니까? 그냥 당신이 가고 싶었던 거 아닙니까?!"

"아, 아니, 하지만 그게, 무코다 씨의 사역마는 픽시 드래곤인 걸. 그 픽시 드래곤인 드라 짱과 모험할 수 있는 기회를, 드래곤을 좋아하는 나로서는 놓칠 수 없는 일이라……."

엘랑드 씨, 그 대답은 어떨까 싶은데요.

불에 기름을 부을 뿐인 것 같은데요…….

"당신이라는 사람은……! 바보다 바보다 생각하긴 했지만, 진짜 바보 같은 사람이군요!"

드래곤과 모험하고 싶어서 그랬다는 말을 들으면 그야 우고르 씨도 화날 만하지.

"우, 우고르 군. 바보 바보라니, 말이 좀 지나친 거 아닌가?"

"바보한테 바보라고 한 게 뭐가 나쁩니까?!!!"

으아아.

에, 엘랑드 씨. 지금은 말대꾸할 때가 아니라고요.

이번에는 명백하게 엘랑드 씨 쪽이 잘못했으니까.

"제가 몇 번이고 몇 번이고 말했죠? 지금은 눈코 뜰 새 없이 바쁘니까, 용건을 마치면 곧장 돌아오라고. 그야말로 귀에 못이 박히도록 말했었죠?"

"그, 그건……."

"들은 적 없다느니 하는 소리는 하지 마십시오! 애초에 말이죠, 당신은……."

우고르 씨도 점점 더 흥분하는걸.

지금은 불똥이 튀기 전에 서둘러 물러나는 편이 좋겠어.

『어이. 페르, 드라 짱. 철수한다.』

염화로 페르와 드라 짱에게 전했다.

참고로 스이는 모험가 길드에 들어오자마자 가죽 가방 속으로 피난했다.

『그, 그래. 그게 좋겠구나.』

『어, 어어. 얼른 여기서 나가자.』

우리는 슬쩍 모험가 길드를 나왔다.

◇ ◇ ◇ ◇ ◇

"무사히 나올 수 있어서 다행이었어."

『그래. 뭐가 뭔지 잘 모르겠지만, 그 엘프 남자. 호되게 혼나더군.』

『그 녀석은 짜증 나니까. 쌤통이다.』

드라 짱, 은근히 심하네.

"지금부터 상인 길드에 갈까 해. 여기서도 집을 한 채 빌릴 생각이거든. 너희도 넓은 편이 좋지?"

『그래. 넓은 편이 좋다.』

『나도 넓은 게 좋아. 물론 욕실도 있어야 한다고.』

물론 욕실 딸린 곳을 고를 거야.

드라 짱은 완전히 목욕에 푹 빠졌네.

"커다란 욕조가 있는 곳으로 해야지. 페르도 한동안 목욕 안 했으니까, 빌린 후엔 해야 해."

『음, 목욕인가. 딱히 지저분하지 않으니 하지 않아도 괜찮다.』

"그렇지 않거든. 던전에도 들어갔었고 여행도 하고 있잖아. 자잘한 먼지니 모래니 하는 게 잔뜩 붙어 있을 거라고. 사실은 던전에서 나왔을 때 바로 목욕시키고 싶었는데, 숙소 욕조가 작아서 말이지. 여기서는 커다란 욕조가 딸린 집을 빌릴 수 있을 테니, 제대로 씻길 거야."

『으으으음.』

페르들과 이야기하는 사이에 상인 길드에 도착했다.

이번에는 소개장이 없지만, 나도 일단 상인 길드의 길드 카드를 갖고 있다. 그리고 이런저런 일이 있기는 했지만, 여차하면 이곳 상인 길드의 길드 마스터 아드리아노 씨와는 안면이 있으니까 어떻게든 되겠지.

일단 상인 길드의 창구로 향했다.

"실례합니다. 저기 말이죠……."

접수처 직원에게 내 뒤에 대기하고 있는 페르와 드라 짱을 보여주면서, 다 함께 지낼 수 있을 만한 집을 한 채 일주일 정도 빌리고 싶다는 뜻을 전했다.

신용을 얻기 위해 모험가 길드의 번쩍이는 S랭크 카드와 상인 길드의 아이언 랭크 카드도 보여주었다.

"S, S랭크 모험가 무코다 님이시군요. 상인 길드에도 등록되어 계시네요. 잠시 기다려주세요."

상기된 목소리로 그렇게 말한 접수처 직원이 자리를 벗어났다.

번쩍이는 카드는 내놓지 않는 편이 좋았으려나?

하지만 집 한 채를 빌리는 데는 나름대로 돈이 드니까, 일단 돈이 있다는 사실을 알리지 않으면 빌려주지 않을 것 같단 말이지.

잠시 기다리자 접수처 직원이 길드 마스터인 아드리아노 씨와 마흔 전후에 평범한 키와 체구의 남성 직원을 데려왔다.

"무코다 씨, 오랜만입니다."

"오랜만입니다, 아드리아노 씨."

"소식은 들었습니다. 에이블링의 던전도 답파하셨다고요?"

"네, 뭐 일단은."

상인 길드의 길드 마스터인 만큼 역시 소식이 빠르네.

"드롭 아이템 중에 보석 같은 게 있다면, 부디 다시 구입할 수 있게 해주시면 감사하겠습니다만."

"에이블링 던전에서 나온 보석류는 전부 에이블링에서 사 가셔서요."

아쉽지만 보석류는 전부 팔았거든.

"그렇습니까? 아쉽군요. 사역마와 함께 지낼 수 있는 집 한 채를 찾으신다고요? 이쪽이 부동산 부분을 통괄하고 있는 니콜라이입니다. 뭐든 말씀해주세요."

아드리아노 씨에게 부동산 부분을 통괄하는 니콜라이 씨를 소개받았다.

"제가 바라는 부분은, 페르도 편하게 드나들 수 있고 욕실이 커다란 집이었으면 하는데요."

니콜라이 씨에게 바라는 점을 전하자 세 개의 건물을 소개해주었다.

첫 번째 물건은 방이 여덟 개에 정원도 그럭저럭 넓은, 원래 귀족 소유였던 물건이었다.

두 번째 물건은 방 아홉 개에 정원도 넓지만, 조금 오래된 건물이었다. 이것도 원래는 귀족의 소유였다고 한다.

세 번째 물건은 방이 일곱 개에 정원이 조금 좁지만, 도시의 중심부에 가까웠다. 이건 원래 상인이 소유했던 물건이다.

세 개 모두 직접 살펴본 결과, 첫 번째 물건을 빌리기로 했다.

비교적 새 건물로 깨끗했고, 페르도 여유롭게 드나들 수 있었다.

무엇보다 욕실이 넓고 좋아 보였다.

역시 전 귀족이 소유했던 집다웠다.

집세는 일주일에 금화 78닢.

나는 니콜라이 씨에게 집세를 내고 열쇠를 받았다.

"레드 드래곤 해체는 내일 부탁하기로 하고, 달리 할 일도 없으니까 느긋하게 쉬기로 할까?"

『어이, 저녁밥은 약속대로 거북이 고기여야 해.』

곧바로 드라 짱의 염화가 들려왔다.

"네네, 알고 있어."

『거북이 고기인가, 좋군.』

아, 이거 자라 전골을 대량으로 준비해야겠는걸.

그날 저녁은 당연히 자라 전골.

오랜만이라 다들 허겁지겁 먹었다.

다음 날, 모험가 길드에 가보니——.

창구에서 엘랑드 씨를 불러달라고 하자 길드 마스터 방으로 안내되었다.

"엘랑드 씨……."

있었다. 엘랑드 씨.

뭐, 길드 마스터 방이니까 당연한 일이지만.

죽은 물고기 같은 눈을 하고서 책상 앞에 앉아 묵묵히 서류 작업을 하고 있었다.

우고르 씨의 감시 아래서.

"무코다 씨, 잘 오셨습니다. 이 바보 마스터에게 이야기는 들었습니다. 이번에는 레드 드래곤을 가져오셨다지요?"

바, 바보 마스터라니.

엘랑드 씨를 대하는 우고르 씨의 취급이 너무해졌어.

뭐, 엘랑드 씨의 자업자득이고 우고르 씨의 기분도 이해하지만.

"아, 네 레드 드래곤 해체와 매입해주실 수 있는 게 있다면 부탁드리고 싶어서요……."

"물론입니다! 그것참, 지난번에 넘겨주셨던 어스 드래곤(지룡) 소재, 전부 비싸게 팔렸답니다~. 던전산 물품들도 그랬지만, 어스 드래곤으로도 이 길드는 크게 벌었죠."

상당한 이익이 생겼는지, 이때만큼은 우고르 씨도 싱글벙글한 얼굴이었다.

"우고르 군, 이 악마! 내가 꿈꾸던, 드래곤 소드로 만들 셈이었던 어스 드래곤 이빨까지 팔아버리다니!"

책상 너머에서 엘랑드 씨가 울 것 같은 얼굴로 우고르 씨를 비난했다.

아, 우고르 씨, 방금 어스 드래곤 소재는 전부 팔았다느니 하는 말을 했었지.

그렇다는 건, 엘랑드 씨가 매우 소중하게 여기던 이빨도 팔았다는 거잖아.

"흥, 뭐라고 하든 상관없습니다. 제멋대로 행동했던 당신이 나쁜 겁니다. 어스 드래곤 이빨은 내놓자마자 바로 팔렸습니다. 그것도 놀랄 만큼 비싼 값에 말이죠."

"으흐으으으윽."

엘랑드 씨가 눈물을 뚝뚝 흘리며 울었다.

엘랑드 씨, 아무리 잘생긴 엘프라도 아저씨의 우는 얼굴 같은 건 보고 싶지 않거든요.

그런고로 방치.

"저 바보 마스터는 내버려 두고……. 무코다 씨, 레드 드래곤이라면 어스 드래곤보다 훨씬 비싸게 팔릴 게 틀림없습니다. 꼭 저희가 살 수 있게 해주십시오."

"네. 그럼 바로 해체를 부탁드려도 괜찮을까요?"

"물론입니다. 그럼 창고로 가실까요? 바보 마스터, 창고로 갑니다."

"레드 드래곤을 해체할 수 있는 거겠지?!"

엘랑드 씨가 그렇게 말하며 웃는 얼굴을 보였다.

이 사람, 레드 드래곤 해체라는 말을 듣자마자 울음을 그쳤어.

약삭빠르다고 해야 할지 뭐라 해야 할지.

◇ ◇ ◇ ◇ ◇

"그럼 여기에 꺼내주십시오."

엘랑드 씨, 싱글벙글한 얼굴로 "어서 어서"라며 재촉하고 있어.

어스 드래곤 해체 작업 때 썼던 커다란 작업대 위에 레드 드래곤을 꺼내놓았다.

"오오~."

"이게 레드 드래곤……."

엘랑드 씨도 우고르 씨도, 작업대 위에 놓인 레드 드래곤에 시선이 못 박혔다.

"페르의 이야기에 따르면, 이 레드 드래곤은 아직 젊은 성체로, 이래 보여도 작은 편이라네요."

"이 크기가……."

내 말을 듣고 우고르 씨가 놀랐다.

12~13미터는 되는 거체가 작은 편이라고 하니까.

우고르 씨가 놀라는 것도 이해가 된다.

엘랑드 씨는 혼자 기뻐하며 "어스 드래곤에 이어 레드 드래곤 해체도 이 손으로 할 수 있게 되다니, 얼마나 운이 좋은지……" 같은 말을 중얼거렸다.

"그래서, 해체에는 시간이 얼마나 걸릴까요?"

"그러니까, 구석구석까지 찬찬히 확인하고 싶으니, 역시 사흘은 필요할 것 같습니다."

엘랑드 씨, 어스 드래곤 때도 구석구석까지 찬찬히 같은 말을 했었지.

드래곤을 좋아하는 사람으로서 이것저것 확인하고 싶은 마음 일 테지만, 말투가 하나하나 기분 나쁘거든요.

"바보 마스터. 사흘이나 시간을 들일 필요는 없습니다. 당신은 하루면 할 수 있지 않습니까?"

"우, 우고르 군. 무슨 말을 하는 건가? 사흘 걸리네! 이것저것 확인하고 싶으니까!"

"확인하고 싶다? 레드 드래곤을 바라보고 싶다를 잘못 말한 걸 테죠? 일이 쌓여 있으니 하루 만에 끝내주십시오. 반론은 인정하 지 않습니다."

우고르 씨가 단호하게 그렇게 말하자 엘랑드 씨는 얼굴을 일그 러뜨리며 "우으으" 하고 신음했다.

일단 엘랑드 씨도 자신에게 잘못이 있다는 것은 아는 모양인 지, 반론까지는 하지 않았다.

뭐, 했다간 큰일이 나겠지만.

"아, 매입할 목록도 제가 정할 겁니다. 바보 마스터에게 맡겨두 면 본인 욕망에 따라 정해버릴 테니까요."

"크윽……."

우고르 씨, 지당하십니다.

우고르 씨의 정론에 엘랑드 씨 덧없이 격침.

"무코다 씨, 내일 점심 지날 무렵이면 해체도 끝내두고, 어느 부분을 매입할지도 정해두겠습니다. 그러니 내일 점심 이후에 와 주십시오."

"아, 네……."

우고르 씨에게는 아무도 거스를 수가 없군요.

◇ ◇ ◇ ◇ ◇

모험가 길드에서 돌아온 후…….

"좋아. 페르. 지금 바로 욕실로 가서 목욕하자."

『으으음, 지금 말이냐?』

"시간이 되니까."

『크으음, 어쩔 수 없지.』

페르에게는 목욕을 할 거라고 미리 선언해두었던지라, 페르도 체념하고 받아들인 모양이었다.

『오, 목욕할 거야? 그럼 나도 들어가고 싶은데.』

『스이도 목욕할래.』

목욕이라는 말에 드라 짱도 스이도 같이 하고 싶다고 했다.

드라 짱도 스이도 목욕을 좋아하니까.

그럼 셋이 먼저 씻게 하고, 나는 나중에 느긋하게 혼자서 몸을 담그기로 할까.

『후우~ 역시 목욕은 좋네.』

『기분 좋아~.』

드라 짱과 스이가 기분 좋은 듯 넓은 욕조에 둥실둥실 떠 있었다.

나로 말하자면, 바짓자락을 걷어 올리고 셔츠 소매도 걷어붙이고서 페르를 북북 문지르는 중이다.

페르는 일단 얌전히 거품투성이가 되었다.

물론 샴푸는 늘 사용하는 수의사 추천이 붙은 걸 썼다.

『어이, 목덜미를 조금 더 세게 문질러라.』

"여기?"

『그래, 거기다.』

북북, 벅벅.

조금 힘을 주어 문질렀다.

『그래, 이번에는 오른쪽 옆구리다. 조금 더 세게 문질러라.』

예이예이. 주문이 많네.

북북, 벅벅, 북북.

이번에는 아까보다 더 힘을 주어 씻었다.

『그래, 그래. 제법 괜찮구나.』

그런 대화를 나눠가며 페르를 구석구석까지 씻겼다.

"후우, 이 정도면 되려나. 스이, 부탁해."

『네에.』

스이의 촉수 샤워로 페르의 거품을 씻겨냈다.

마지막에는 물론 페르의 얼굴도 씻었다.

『이제 다 끝난 것이냐?』

"욕조가 넓으니까 『안 들어간다』……."

『나는 절대로 들어가지 않는다.』

페르 씨, 그렇게까지 거부할 건 없다고 보는데.

『목욕 기분 좋은데.』

『그러게 말이야.』

스이와 드라 짱은 욕조 안에서 몸을 담근 채 페르에게 그렇게 말했다.

따뜻한 물에 들어가면 기분 좋은데 말이야.

『흥. 나는 그만 나가겠다.』

"앗, 잠깐 기다려!"

당장에라도 몸을 부르르 떨려 하는 페르를 급하게 멈추었다.

그리고 서둘러 젖지 않을 곳으로 도망쳤다.

"됐어."

내가 그렇게 말하자 페르가 부르르, 호쾌하게 몸을 털었다.

『으앗! 퉤, 퉤, 퉤. 어이, 털이 입에 들어갔잖아!』

『우와아, 물이 잔뜩 날아왔어! 재밌어! 페르 아저씨, 더 해줘.』

『나는 그만 나간다.』

페르는 부르르 물을 다 털어낸 후, 더는 볼일 없다는 느낌으로 곧장 나가려 했다. 드라 짱은 입안에 페르의 털이 들어왔다며 화를 냈고, 스이는 신나 하며 욕조 안에서 푸들푸들 진동하고 있고………… 카오스다.

"아, 누울 거면 몸을 다 말리고서 해줘."

『흥, 알고 있다.』

페르가 나간 다음은 드라 짱과 스이를 목욕 수건으로 닦아주면 목욕 끝.

드라 짱과 스이를 데리고 널따란 거실로 가니 페르가 한가운데에 누워 있었다.

『드디어 왔군. 목이 마르다. 늘 마시던 걸 다오.』

『오, 좋은데. 그 달달한 우유는 목욕 후에 마시면 더 맛있다니까.』

『스이도 마실래.』

예이예이. 늘 마시던 거 말이지.

목욕 후의 정해진 코스가 된 과일 우유를 인터넷 슈퍼에서 구입했다.

내 몫은 캔 커피다.

과일 우유를 각자의 전용 도자기 접시에 따라서 내주었다.

『음, 맛있구나.』

『역시 목욕 후의 이건 맛있어!』

『달고 맛있어!』

모두 맛있게 과일 우유를 마시는 모습을 본 후, 나도 캔 커피를 한 모금 마셨다.

에이블링에서 여행 중에 먹을 셈으로 만들어두었던 밥이 아직 절반 정도 남아 있어서 그걸로 점심을 해결했다.

참고로 메뉴는 해산물 튀김과 버터 간장 풍미의 포일 구이다.

고기를 좋아하는 멤버가 많은지라, 우리 식사는 아무래도 고기가 많아지는 경향이 있다.

오랜만에 먹는 생선 요리는 참으로 맛있었다.

그걸 다 함께 먹은 다음엔 한가로운 시간을 보냈다.

페르와 드라 짱과 스이는 각자 마음에 드는 곳에서 낮잠을 잤다.

낮잠이라고 하기에는 너무 길었지만.

저녁 식사 시간 전까지 푹 잤다.

나도 덩달아 호화 소파에서 낮잠을 잤다.

저녁 메뉴는 이번에도 여행 중에 먹으려던 음식 중에 남아 있던 만두로 정했다.

군만두, 튀긴 만두, 그리고 채소를 듬뿍 넣은 만둣국이다.

역시 만두는 맛있다니까.

만두와 맥주 조합은 최고다.

그리고 저녁 식사 후에는 나 혼자서 느긋하게 목욕을 했다.

"후우, 가끔은 이런 날도 좋은걸."

그런 말을 중얼거리면서 나는 두 다리를 쭉 뻗고도 남는 넓은 욕조를 마음껏 즐겼다.

◇ ◇ ◇ ◇ ◇

우고르 씨가 말했던 대로, 다음 날 점심시간이 지난 후 페르와 드라 짱과 스이를 데리고서 모험가 길드로 향하자 곧바로 창고로 안내되었다.

"무코다 씨, 기다리고 있었습니다. 이쪽으로 오시죠."

창고로 들어가자 안쪽에서 우고르 씨와 엘랑드 씨가 기다리고 있었다.

『어이, 우리는 저쪽 빈 곳에 있겠다.』

그렇게 말하며 페르와 드라 짱이 창고의 비어 있는 공간에 자리를 잡았다.

『주인, 스이도 페르 아저씨들이랑 함께 있을게.』

스이가 가죽 가방에서 뿅 튀어나오더니 페르들이 있는 곳으로 갔다.

"그럼 나는 저쪽에서 이야기를 나누고 올 테니까, 다들 얌전히 있어야 한다."

나는 천천히 우고르 씨와 엘랑드 씨가 기다리고 있는 쪽으로 걸어갔다.

"엘랑드 씨, 왜 그러세요?"

엘랑드 씨의 눈 아래에는 짙은 다크서클이 생겨 있었다.

"신경 쓰지 마십시오. 이 바보 마스터는 제 말도 듣지 않고 밤샘을 했지 뭡니까."

우고르 씨의 이야기에 따르면, 엘랑드 씨에게 레드 드래곤 해체를 맡겼더니 해체를 시작하기 전에 세세하게 검사를 했다고 한다.

하지만 나와의 약속도 있어서 우고르 씨는 "서둘러 해체를"이라며 재촉을 했다는 모양이었다.

엘랑드 씨도 마지못해 해체를 시작했다는데, 검사를 해가며 진행하다 보니 시간이 걸렸다고 한다.

"저도 그렇게까지 못된 인간은 아닙니다. 밤샘하면서까지 하라는 말은 한마디도 하지 않았어요. 애초에 해체만이라면 시간이 그다지 걸리지 않았을 테고요."

"우고르 군, 무슨 말을 하는 건가?! 레드 드래곤 해체 같은 이런 기회는 좀처럼 없으니, 찬찬히 이것저것 확인하고 싶은 게 당연하지 않나. 그런데 자네가……. 어쩔 수 없으니 밤샘해서 한 게 아닌가?"

아, 그렇게 된 건가.

우고르 씨에게 항의하고 있지만, 엘랑드 씨는 결국 드래곤을 위해 밤샘했다는 거네.

뭐, 그건 엘랑드 씨가 자초한 일이니 어쩔 수 없는 거 아닐까?

잠도 못 자고 무리하게 일을 한 건가 싶어 동정했는데, 괜한 짓이었다.

"하아……. 이 바보 마스터는 그냥 내버려 두고, 레드 드래곤 소재 내역을 설명해드릴까 합니다만. 괜찮으시겠습니까?"

오, 역시 우고르 씨. 엘랑드 씨의 이야기는 딱 끊어냈어.

엘랑드 씨가 우으으 하고 분한 듯이 신음하고 있지만, 이것저것 저지른 당신 탓이라고 생각하거든요.

"우선은 고기입니다만, 고기 쪽은 무코다 씨가 전부 가져가시는 걸로 알고, 지금은 냉장실에서 보관하고 있습니다. 나중에 드리도록 하겠습니다."

응. 고기는 우리에게 있어 가장 중요하니까 확실하게 회수해 갈 거야.

어스 드래곤 고기가 엄청나게 맛있었으니까, 레드 드래곤 고기도 상당히 기대된다.

"그리고 피입니다. 여기 있습니다만, 전부 해서 227병입니다."

작업대 위에 죽 놓인 붉은 액체가 담긴 병.

많다고 생각하긴 했지만, 227병이라니…….

그 커다란 몸을 생각하면 이 정도 양은 전혀 이상하지 않지만, 그렇다고 해도 너무 대량이다.

"다음은, 이쪽 단지에는 간 같은 내장 종류가 담겼습니다."

내장 종류가 담긴 단지도 죽 놓여 있었다.

분명 일릭서의 소재가 되거나, 이래저래 전부 이용 가치가 있다고 했었지.

"그리고, 저쪽에 있는 게 남은 소재입니다."

우고르 씨가 가리키는 쪽을 보니 다른 작업대 위에 이빨, 뼈, 가죽, 그리고 지금까지 보아온 중에 가장 커다란 마석이 덩그러니 놓여 있었다.

응, 하나하나 쓸데없이 크네.

"그래서, 저희 쪽에서 매입하고 싶은 소재 말입니다만……."

우고르 씨가 가장 먼저 사고 싶다고 말한 것은 피였다.

그걸 스물다섯 병 사고 싶다고 했다.

227병 중 스물다섯 병이니 그리 많아 보이지 않지만, 지난번 어스 드래곤 때는 두 병이었을 터다.

스물다섯 병은 조금 많은 게 아닌가 걱정하고 있으려니, 우고르 씨가 이유를 가르쳐주었다.

"지난번의 어스 드래곤 피 말입니다만, 나름대로 비싸게 내놓았는데도 순식간에 팔렸답니다. 게다가 더 없느냐는 문의가 여기저기서 쏟아져 들어왔습니다. 그걸 생각하면, 이 레드 드래곤의 피도 잘 팔릴 게 틀림없습니다."

우고르 씨는 그렇게 힘주어 답했다.

분명 드래곤 피는 만능약 같은 거라고 했으니까, 원하는 사람은 얼마든지 있을지 모르겠네.

"그래서 말씀입니다만, 이건 한 병당 금화 160닢에 구입하려고 합니다."

한 병에 금화 160닢이라.

어쩐지 요즘은 이 정도 가격은 들어도 놀라지 않게 되어버렸어. 하하하.

"그리고 다음은 간입니다. 이번에는 그대로 전부 다 사려고 합니다. 지난번의 어스 드래곤 간도 어떤 분이 놀랄 정도의 금액을 내고 사 가셨답니다. 레드 드래곤 간쯤 되면, 아무리 비싼 값을 불러도 원한다는 분이 계실 테죠. 게다가 이번에는 절반이 아니라 통째니까요. 무코다 씨 덕분에 이 드랭의 모험가 길드 자금도 윤택해졌고요. 하하하하하."

응, 이 레드 드래곤 소재도 그야말로 비싸게 팔릴 테지.

우고르 씨 기분이 좋은 것도 이해가 돼.

"이 간은 하나에 금화 3,700닢으로 부탁드리려고 합니다."

가, 간 하나에 금화 3,700닢이래.

역시 드래곤 소재, 장난 아니네.

그 후의 매매도 심장, 폐, 안구로 이어졌다.

우고르 씨의 이야기로는 드래곤 내장 종류는 다양한 약(그것도 효과 발군)이 되기 때문에, 고액이여도 모두 경쟁하듯 사 간다고 한다.

어떤 약이 되는지는 모르지만, 드래곤 내장으로 만든 약이라니

비린내가 날 것 같아.

나라면 먹을 마음이 안 들 거야.

그렇게 잘 팔린다면 재고로 남아 있는 어스 드래곤 내장도 사 시겠어요? 하고 우고르 씨에게 넘겨보려고 했는데, "살 수만 있 다면 사고 싶습니다. 하지만 아무래도 그렇게까지는 자금이 좀……"이라며 거절당했다.

유감스럽다.

"그리고 마지막으로 이빨입니다."

"우고르 군, 역시 자네야."

우고르 씨가 이빨을 사겠다는 말을 꺼내자 지금까지 얌전히 있 던 엘랑드 씨가 갑자기 부활했다.

"무슨 말을 하는 겁니까? 바보 마스터. 이 이빨은 당신을 위해 서 사는 게 아닙니다. 당연히 팔 겁니다."

"그런——!"

우고르 씨의 쌀쌀맞은 말투에 엘랑드 씨의 어깨가 축 처졌다.

이 사람, 얼마 전에 팔린 어스 드래곤 대신이라고 생각했던 거야?

엘랑드 씨, 세상은 그렇게 만만하지 않다고 생각해요.

"하아, 이 사람은 무시하죠. 그럼, 피가 스물다섯 병에 금화 4,000닢, 간이 하나에 금화 3,700닢, 심장이 금화 4,000닢, 폐 가 두 개 다 해서 금화 3,600닢, 안구도 두 개에 금화 1,700닢, 마지막으로 이빨 하나가 금화 3,000닢으로 매입 합계 금액은 다 해서 금화 20,000닢이 됩니다만, 괜찮으시겠습니까?"

금화 2만 닢인가. 하하하.

페르들 덕분에 계속 돈이 들어오다 보니 다소는 내성이 생긴 모양이다.

"네, 그걸로 괜찮습니다."

"전과 마찬가지로 백금화로 준비하게 했습니다. 백금화 200닢입니다. 확인해보시죠."

그렇게 말한 우고르 씨가 자루를 내밀었다.

안을 확인했다. 세어 보니 정확하게 200개의 백금화가 들어 있었다.

"네, 틀림없습니다."

"이번에도 좋은 거래였습니다. 무코다 씨, 정말로 고맙습니다."

"아뇨, 아뇨. 저야말로. 드래곤 해체를 부탁할 수 있는 건 이 길드뿐인걸요. 매입도 많이 해주셔서 큰 도움이 됐습니다. 그럼, 남은 소재는 제가……."

회수해 가겠습니다 하고 말을 이으려던 그 순간, 끼어든 목소리가 있었다.

"잠깐만 기다려주십시오!"

소리를 친 것은 엘랑드 씨였다.

"바보 마스터. 왜 큰 소리를 내는 겁니까?"

우고르 씨도 놀란 얼굴을 하고 있었다.

"우고르 군, 직접, 내가 개인적으로 사는 거라면 불만은 없을 테지?!"

"레드 드래곤 소재를 말입니까? 그야 그 정도의 돈이 있다면, 본인 돈이니 마음대로 하면 되지 않겠습니까? 있다면, 말이죠.

그리고 물론 무코다 씨도 승낙하신다면요.”

엘랑드 씨, 우고르 씨가 이 녀석 무슨 말을 하는 거야? 라는 표정을 하고 있잖아.

아무리 엘랑드 씨가 드래곤을 좋아한다고 해도, 레드 드래곤 소재를 공짜로 줄 수는 없는 노릇이라고.

“후후후후후, 돈이라면 있지~.”

엘랑드 씨가 싱글벙글하며 그렇게 말했다.

…………앗, 에이블링 던전에서 나눠준 거.

이런, 엘랑드 씨는 백금화 50닢을 갖고 있었지.

“무코다 씨, 저에게 레드 드래곤 이빨을 팔아주십시오!”

엘랑드 씨는 자신의 아이템 박스에서 자루를 꺼내 내게 내밀면서 그렇게 외쳤다.

“네? 아니, 그…….”

우고르 씨가 이쪽을 보고 있어.

눈빛이 장난 아닌데.

“부탁드립니다! 제게 레드 드래곤 이빨을!”

“아니, 저기. 엘랑드 씨, 진정하세요.”

“부탁입니다~.”

엘랑드 씨가 필사적인 모습으로 내게 매달렸다.

“평생의 소원입니다! 제게, 제게 레드 드래곤 이빨을 팔아주십시오!”

“그러니까, 좀 진정해주세요.”

“부탁입니다~.”

"잠깐, 잠깐, 엘랑드 씨!"

"레드 드래곤 이빨을."

"아, 알았다니까요. 파, 판다고요."

결국, 엘랑드 씨에게 지고 말았다.

"만세! 고맙습니다. 무코다 씨."

나이를 먹을 만큼 먹은 아저씨가 덩실덩실하며 신나 하고 있어.

"그럼, 여기 대금입니다."

엘랑드 씨가 자루를 건넸다.

안을 들여다보니 내가 나눠주었던 백금화 50닢이 모조리 그대로 담겨 있었다.

"엘랑드 씨, 이건 너무 많은데요."

아까 길드가 매입한 이빨도 금화 3,000닢이었다고.

백금화 20닢이 남는 셈이다.

"아, 그렇다면 그 남은 돈으로 레드 드래곤의 발톱도 살 수 있게 해주십시오! 꼭 좀 부탁드립니다!"

……더는 뭐라 할 말도 없다.

이 사람의 드래곤 사랑은 어떤 경지에 다다른 느낌이야.

본인 돈으로 초고가인 드래곤 소재를 살 정도인걸.

어쩔 수 없으니 발톱도 팔았다.

"우후후후후후. 레드 드래곤의 이빨과 발톱입니다. 이렇게 대단한 것들이 저만의 것이라니……. 행복합니다~."

이 엘프 아저씨, 아까부터 혼잣말을 해가며 레드 드래곤의 이빨과 발톱에 뺨을 비비고 혼자 감격에 젖어 있어.

엘랑드 씨, 역시 그건 좀 질리는데요.

그런 엘랑드 씨를 우고르 씨가 불쌍한 사람을 보는 눈으로 보고 있었다.

"우고르 씨, 죄송합니다……."

"아뇨, 여차할 때는 저 바보 마스터도 끈질기니까요."

우고르 씨가 먼눈을 하고 있어.

이런저런 일이 많았을 테지.

"고생이 많으십니다."

혼자만의 세상에 빠진 엘랑드 씨를 내버려 두고, 우고르 씨에게 레드 드래곤 고기를 포함한 나머지 소재를 돌려받았다.

"그럼 이만……."

마음속으로 우고르 씨 힘내세요 하고 응원을 보냈다.

조만간 맛있는 걸 들고 찾아오겠습니다.

어쩐지 쓸데없이 더 지쳤어. 얼른 돌아가자.

페르와 드라 짱과 스이가 있는 곳으로 가보니 모두 푹 낮잠 모드에 빠져 있었다.

"다들, 가자."

그렇게 말을 걸자 모두 벌떡 일어났다.

『드디어 끝난 것이냐. 어이, 고기는 확실하게 받았겠지?』

"그럼, 당연하지."

『좋다. 어서 돌아가서 그 고기를 먹자.』

『레드 드래곤 고기라. 맛있겠는걸!』

『드래곤 고기.』

다들 레드 드래곤 고기를 먹을 마음이 넘치는구나.

이거 돌아가도 느긋하게 쉴 수 없겠네. 에구구.

◇ ◇ ◇ ◇ ◇ ◇

드랭에서 빌린 집의 주방.

호화 저택이라 해도 좋을 집의 널따란 주방은 그에 걸맞은 호화로운 설비를 갖추고 있었다.

그 호화로운 주방에 선 내 앞에는 레드 드래곤의 고깃덩어리가 떡하니 놓여 있었다.

저녁 식사로 내놓을 레드 드래곤 고기다.

레드 드래곤 고기는 어스 드래곤과 비슷한 기름기 적은 살코기였다.

하지만 이쪽이 더 지방이 적은 느낌이다.

"역시 처음은 이거겠지."

어스 드래곤 때도 그랬지만, 드래곤 고기를 처음 맛보는 거라면 역시 드래곤 스테이크지.

아이템 박스에서 전에 사두었던 천일염과 그라인더가 달린 흑후추를 꺼냈다.

그리고 레드 드래곤 고기를 스테이크용으로 조금 두툼하게 썰었다.

굽는 법은 언제나 살코기 스테이크를 굽는 방법과 같다.

프라이팬에 기름을 두르고 센 불로 달구고, 굽기 직전에 레드 드래곤 고기에 소금 후추를 뿌린다.

달궈진 프라이팬에 레드 드래곤 고기를 올리면 촤아아아 하는 고기 굽는 기분 좋은 소리가 난다.

그리고 동시에 고기 굽는 좋은 냄새가 주방에 가득해졌다.

"후우하아. 맛있는 냄새가 나네."

처음에는 센 불, 그다음에는 약불. 뒤집어서 똑같이 굽고 나면 접시에 담아 알루미늄 포일을 덮어서 여열로 뜸을 들인다. 적당히 안까지 다 익으면 완성이다.

"역시 스테이크는 좋아~. 보기만 해도 맛있을 것 같아."

요리한 사람의 특권으로 살짝 맛을 봤다.

우물우물, 우물우물.

"맛있어~."

드래곤이기 때문인지 어스 드래곤 고기와 비슷하게 맛있었다.

레드 드래곤 고기 쪽이 약간 사냥해서 잡은 듯한 야성의 느낌이 넘치는 맛이라고 할까?

이건 로스트비프처럼 커다란 덩어리로 구워서 먹어도 맛있을지도.

로스트 드래곤이라, 좋은데.

드래곤 고기의 감칠맛 넘치는 육즙으로 만든 그레이비소스를 뿌려서……

꿀꺽, 이 드래곤 스테이크 못지않게 맛있겠는걸.

하아, 아무튼 레드 드래곤 고기 맛있네.

레드 드래곤 고기는 겉보기엔 살코기가 많아 퍽퍽해 보이지만,

전혀 그렇지 않았다.

　부드럽지만 적당하게 씹는 맛도 있고, 씹을수록 감칠맛 넘치는 육즙이 입안 가득 퍼진다.

　"조금만 더⋯⋯."

　그렇게 생각하며 먹었더니, 어느샌가 특대 드래곤 스테이크의 절반 정도가 사라졌다.

　"으앗, 맛있어서 그만 멈추지 못하고 먹어버렸네."

　너무 맛있는 게 문제라고.

　어스 드래곤 고기를 먹었을 때, 지금까지 먹어본 것 중 가장 맛있는 고기일지도 모른다고 생각했었는데, 그 생각이 흔들렸다.

　레드 드래곤 고기도, 어스 드래곤 고기에 필적할 만큼 맛있어.

　어느 쪽이 맛있는지는 취향에 따라 다르겠지만, 우열을 가리기가 몹시 어려웠다.

　그보다, 드래곤 고기는 전부 이렇게 맛있는 걸까?

　페르들에게 다음부터는 드래곤을 발견해도 먼저 공격해 오지 않는 한은 내버려 두라고 했었는데, 그 말을 번복하고 싶어질 정도야.

　드래곤 고기는 그 정도로 맛있다.

　레드 드래곤 고기도 어스 드래곤 고기도 이렇게 맛있다는 건, 드래곤 종의 고기는 전부 맛있는 것이 아닐까 싶었다.

　그렇다면 다른 드래곤 고기도 맛보고 싶어지는 법.

　적극적으로 사냥하라고는 말하지 않겠지만, 사냥하다 발견하면 잡아 오라고 하는 것도 괜찮으려나 싶었다.

뭐, 어차피 드래곤 같은 건 그리 간단히 만날 수 없을 테지만.

그런 걸 생각하는 건 일단 나중으로 미루고, 서둘러 모두에게 줄 스테이크를 구워야지.

너무 늦어지면 안달이 나서 다 같이 주방으로 들이닥칠 것 같으니까.

나는 페르들 몫의 레드 드래곤 스테이크를 계속해서 구워나갔다.

◇ ◇ ◇ ◇ ◇

『음. 오랜만에 먹는다만, 레드 드래곤 고기는 맛있구나. 역시 익힌 게 한층 더 맛있다.』

페르가 그렇게 말하며 소금과 후추로만 간을 한 단순한 드래곤 스테이크를 맛보았다.

『그 젠체하던 놈도 고기가 되니 꽤 맛있는걸.』

그렇게 말하며 만족스레 레드 드래곤 고기를 한입 가득 먹고 있는 드라 짱.

『드래곤 고기 맛있어!』

스이도 드래곤 스테이크의 맛에 흥분한 것인지, 체내로 흡수하며 부들부들 떨었다.

널찍한 거실에 자리를 잡고 다 함께 저녁밥인 드래곤 스테이크를 베어 물었다.

"정말 맛있다니까. 어스 드래곤 고기도 맛있었지만, 이 레드 드래곤 고기도 그에 못지않을 만큼 맛있어."

드래곤 스테이크를 구우면서 맛보기로 꽤 많은 양을 먹었지만, 이 고기라면 아직 더 먹을 수 있다고.

지금은 양파 풍미 스테이크 소스를 뿌려서 먹는 중이다.

드래곤 고기와 소스의 상성은 발군이다.

소금과 후추만으로 간을 한 단순한 드래곤 스테이크도 맛있지만, 스테이크 소스를 뿌린 드래곤 스테이크는 한층 더 맛있다.

『드래곤 고기는 나라도 좀처럼 맛볼 수 없는 것이다만, 전부 상당히 맛있었다.』

그런가.

역시 드래곤종의 고기는 맛있는 건가.

"그 말을 들어서 말인데, 지난번에 다음부터는 드래곤을 발견해도 공격해 오지 않는 한은 내버려 두라고 했었지만, 사냥해 와도 괜찮겠다 싶네. 뭐, 사냥하러 갔다가 우연히 발견했을 때의 이야기지만."

내가 그렇게 말하자, 페르가 크게 고개를 끄덕였다.

『그래, 그건 좋은 생각이다. 너와 만난 후부터 운 좋게도 이렇게 잇따라 드래곤을 사냥할 수 있었지만, 보통은 그리 쉽게 발견할 수 있는 게 아니다. 발견했을 때는 확보한다는 것은 좋은 생각이라고 본다. 어쨌든 드래곤은 맛있으니 말이다.』

페르도 흔쾌히 찬성했다.

해체하려면 드랭까지 와야만 한다는 수고를 해야 하지만, 이 맛이라면 그 정도 고생은 해도 되지 않을까 싶다.

물론 그렇게 말해도 평소 그리 간단히 발견할 수 있는 게 아니라고 하지만.

어스 드래곤과 레드 드래곤을 잇따라 구한 우리는 사실 엄청나게 운이 좋았던 셈이다.

『어이, 더 다오. 다음은 그걸 뿌려서.』

『나도 줘.』

『스이도.』

네네, 스테이크 소스를 뿌려서 말이지.

우선은 마늘 풍미 스테이크 소스다.

페르와 드라 짱과 스이는 드래곤 스테이크를 차례차례 먹어 치웠다.

이래저래 나도 두툼한 스테이크를 두 장이나 먹어버리고 말았다.

드래곤 스테이크, 너무 맛있어.

"후우~ 잘 먹었다."

『그래. 배가 부르구나.』

『나도. 조금 과식했어.』

『스이도 배 빵빵해.』

레드 드래곤 스테이크를 배불리 먹고, 지금은 식후의 휴식 중이다.

"아, 그렇지. 모두에게 말해둘 게 있어."

『음? 뭐냐?』

"실은 있지……."

페르와 드라 짱과 스이에게 내가 창조신 데미우르고스 님의 가호를 받은 경위를 들려주었다.

"…………그렇게 돼서, 창조신님에게 가호를 받았어. 그래서, 수명이 1500년 정도로 늘어났대."

『오오, 그건 잘됐구나. 내게도 좋은 소식이다. 이걸로 1500년은 맛있는 걸 먹을 수 있겠구나! 으하하하하. 인간의 일생은 짧지만, 그것도 어쩔 수 없다고 생각했다. 하지만 1500년이라니. 그래, 좋다. 좋구나.』

『맞아, 이걸로 1500년은 굶을 걱정은커녕, 맛있는 밥을 실컷 먹겠네! 그 창조신이라는 거, 좋은 일을 했는걸!』

『그럼, 쭈욱 주인이랑 같이 있으면서, 주인이 만드는 맛있는 밥도 먹을 수 있는 거야? 만세, 만세! 스이, 기뻐!』

어쩐지 모두 몹시 흥분했는걸.

그보다…….

"다들 밥 얘기를 하는데, 나는 1500년 동안 줄곧 모두에게 밥을 해줘야만 하는 거야?"

『무슨 말을 하는 것이냐. 당연하다. 우리는 네 사역마. 주인인 너는 사역마인 우리를 책임져야만 한다.』

페르 씨, 무슨 당연한 소리를 하는 거냐는 얼굴 하지 마.

어느 정도는 함께 다니겠거니 생각했지만, 아무리 그래도 1500년쯤 되면 페르도 드라 짱도 스이도 전부 수명이 길다고는 해도 도중에 질리지 않을까 싶었는데.

방금 한 말대로라면 모두 전혀 그럴 마음이 없는가 보네.

그렇다는 건, 1500년이라는 긴 시간에 걸쳐 모두를 먹여 살려야만 하는 건가.

이렇게나 함께 있다 보니 당연히 정도 들었고, 이건 운명이다 생각하고 받아들이지 않으면 안 되려나.

힘들지도 모르지만, 조금 기쁜 것도 같다.

뭐, 요리를 해줄 수는 있다. 하지만 재료, 즉 고기는 각자 조달해 와야 한다고.

나한테 모두의 주식인 고기를 준비할 힘은 없으니까.(단호)

◇ ◇ ◇ ◇ ◇

날이 밝고, 다음 날 아침.

페르들은 평소처럼 기운이 넘쳤고, 아침부터 "드래곤 고기를 먹고 싶다"며 법석을 부렸다. 하지만 아무리 그래도 아침부터 드래곤 고기는 너무 호사스럽다.

그렇게 먹다가는 금방 다 없어질 거라며 달랬지만, 그래도 몹시 먹고 싶어 하는 모두에게 "점심에 줄게"라며 약속하고 그 자리를 수습했다.

그런고로, 아침은 만들어두었던 고기 소보로를 어레인지해서 고기 소보로 오믈렛 샌드위치를 만들어보았다.

고기 소보로가 듬뿍 들어간 오믈렛을 쿠페 빵에 끼우고 케첩을 살짝 뿌리면 완성이다.

달콤 짭짤한 고기 소보로 오믈렛과 빵이 조화를 이루어 생각보다 맛있다.

페르들, 이라고 할까 페르는 고기가 적다며 투덜거렸지만.

점심에는 드래곤 고기를 내줄 테니까 참으라고.

페르들과 서로 이야기한 결과, 점심까지는 느긋하게 지내고 오후부터는 숲으로 사냥을 나가기로 했다.

사실은 모두 던전에 가고 싶어 했지만, 얼마 전에 답파했고 내가 점심때 좀 가고 싶은 곳이 있었기 때문에 오늘은 오후에 숲으로 사냥을 나가는 것으로 해두었다.

던전 도시에 오니 페르도 드라 짱도 스이도 던전에 들어가고 싶어서 근질근질한 모양이었다.

이거 한 번은 들어가지 않으면 안 될지도 모르겠네.

아무튼 아침밥을 먹은 후엔 여유롭게 지냈고, 점심에는 약속대로 드래곤 고기를 쓴 음식을 만들었다.

호화로운 드래곤 스테이크 샌드위치다.

살짝 구운 식빵 한 장에 버터, 또 한 장에 홀 그레인 머스터드를 바르고 잘게 채 썬 양배추와 마늘 풍미 스테이크 소스를 뿌린 두툼한 레드 드래곤 스테이크를 넣어 완성.

식욕을 자극하는 향기와 모양에 만든 나도 무심코 꿀꺽 군침을 삼켰을 정도다.

페르도 드라 짱도 스이도 약속했던 드래곤 고기를 만족스러운 듯이 먹었다.

페르만은 양배추 없는 특제 샌드위치지만.

점심으로 드래곤 스테이크 샌드위치를 배불리 먹은 다음은 내가 가고 싶었던 모험가 길드로 향하기로 했다.

일로 지친 기색인 우고르 씨와 그리고 덤으로 엘랑드 씨에게 간식을 건넬 생각이다.

사실 샌드위치라면 일하던 중에도 먹기 쉬우리라고 생각했기 때문에, 점심 메뉴를 스테이크 샌드위치로 정했던 것이다.

살짝 많은 2인분의 스테이크 샌드위치를 선물로 준비한 다음, 모험가 길드로 출발.

◇ ◇ ◇ ◇ ◇

직원도 이제 익숙해졌는지 내가 나타나자 아무런 말도 없이 2층 길드 마스터 방으로 안내해주었다.

노크를 하고 문을 열어보니 우고르 씨와 엘랑드 씨가 묵묵히 서류 작업을 하고 있었다.

"아, 무코다 씨. 잠시만 기다려주십시오."

우고르 씨가 서류에 무언가를 써넣으며 그렇게 말했다.

"기다리게 해서 죄송합니다. 무슨 일이십니까?"

"아뇨, 일이 바쁘신 중에 찾아와 죄송합니다. 그런데 그 원인을 만든 게 저이기도 해서…… 이거, 간식을 좀."

아이템 박스에서 드래곤 스테이크 샌드위치를 꺼내서 우고르 씨 눈앞으로 내밀었다.

"이건……."

"레드 드래곤 스테이크 샌드위치입니다."

내가 그렇게 말하자, 우고르 씨가 눈을 크게 뜨며 놀랐다.

"드, 드래곤 고기……."

"네. 많지는 않지만, 이거라도 드시고 힘내서 일하십시오."

"일국의 왕이라고 해도 평생 한 번 먹을까 말까 하다고 하는 그 드래곤을⋯⋯."

뭐? 그런 거야?

구한 지 얼마 안 됐고, 페르들 점심밥을 만드는 김에 만들었을 뿐이었는데. 그 이야기를 들으니 드래곤 고기를 쓴 건 좀 지나쳤을지도 모르겠다 싶었다.

레드 보아나 코카트리스 정도를 썼으면 좋을 걸 그랬나.

"꿀꺽⋯⋯ 저, 정말로, 제가 먹어도 괜찮겠습니까?"

"물론이죠, 그러시라고 만들어 온 거니까요."

사양 말고 맛있게 드셔주세요.

"그, 그럼⋯⋯."

"자, 잠깐! 무, 무코다 씨, 저, 저는요? 제 몫은 없는 겁니까?!"

엘랑드 씨, 그렇게 울상 짓지 말아요.

당신 것도 제대로 갖고 왔으니까.

"엘랑드 씨 몫도 있으니까, 좀 진정하세요."

그렇게 말하며 엘랑드 씨 앞에도 드래곤 스테이크 샌드위치를 꺼내놓았다.

"만세! 레드 드래곤입니다, 레드 드래곤! 어스 드래곤에 이어서 레드 드래곤까지 먹게 되다니. 역시 친구가 제일입니다. 무코다 씨는 제 둘도 없는 친구예요!"

정말이지, 금방 달라지는 것 좀 봐.

조금 전엔 울 것 같은 얼굴이었으면서, 드래곤 스테이크를 내놓자마자 만면에 미소라니.

"아, 그리고 이것도."

우고르 씨와 엘랑드 씨에게 선물이 담긴 바구니를 건넸다.

"전에 드렸던 파운드케이크입니다. 두 분 모두 단 걸 좋아하셨죠?"

"우와, 고맙습니다~."

단 걸 좋아하는 엘랑드 씨가 바구니 안을 들여다보고 기뻐했다.

그 사이에 우고르 씨에게만 슬쩍 이야기를.

"우고르 씨 바구니에는 레드 드래곤 고기도 들어 있으니까, 가족분들이랑 같이 드세요." (소곤)

"그래도 되는 겁니까?" (소곤)

"이번에 가장 피해를 입은 건 우고르 씨 가족분들일 테니까요. 많지는 않습니다……." (소곤)

"무코다 씨도 저 바보 마스터 때문에 피해를 보셨을 텐데, 하나부터 열까지 감사드립니다. 하지만, 저 바보 마스터에게도 레드 드래곤 고기를 주지 않아도 괜찮은 겁니까?" (소곤)

"고기를 준들 저분이 요리를 할 수 있을 거라고 보십니까?"(소곤)

"……절대로 무리겠죠." (소곤)

우고르 씨와 소곤소곤 이야기를 나누고 있으려니 엘랑드 씨의 "어라?" 하는 목소리가 들렸다.

"왜 그러세요?"

"으으응?"

만면에 미소를 띠고 있던 엘랑드 씨가 갑자기 눈을 굴리기 시작했다.

눈을 굴리며 신음하는 엘랑드 씨에게 다시 한번 말을 걸었다.

"엘랑드 씨. 왜 그러세요?"

"저기, 무코다 씨. 제 것보다도 우고르 군의 드래곤 스테이크 쪽이 더 두툼한 것 같은 기분이 듭니다만……."

엘랑드 씨가 두리번거리던 것은 자신의 눈앞에 있는 접시와 우고르 씨 앞에 있는 접시를 비교해보고 있었기 때문이었나 보다.

"…………기분 탓입니다."

"그런 거려나?"

"기분 탓입니다."

그래요. 기분 탓입니다.

우고르 씨의 드래곤 스테이크만 좀 더 두툼하게 만들다니, 그런 일은 절대 없습니다. (국어책 읽기)

"그보다, 점심은 아직이시죠? 그렇다면 일하면서도 드실 수 있는 게 좋겠다고 생각해서 만들어 온 겁니다. 꼭 드셔주세요."

"하앗, 그렇군요. 그럼…………."

내 말에 엘랑드 씨는 곧바로 드래곤 스테이크 샌드위치를 베어 물었다.

"마, 맛있어……. 어스 드래곤도 맛있었지만, 레드 드래곤도 맛있습니다. 흐윽, 저, 저는 정말로 행복한 사람이에요~."

어이 어이, 울면서 먹지 말아주세요.

"하아…… 바보 마스터는 일단 내버려 두지요. 다 먹으면 착실하게 일을 시키겠습니다. 그럼 저도 잘 먹겠습니다."

우고르 씨도 드래곤 스테이크 샌드위치를 베어 물었다.

"말도 안 되게 맛있습니다. 설마 제가 드래곤 고기를 맛보는 날이 올 줄이야……."

어쩐지 감개무량하다는 느낌으로 한 입 한 입 음미하며 먹는 우고르 씨.

요즘 들어 상당히 빈번하게 드래곤 고기를 먹었던 몸으로서는 어쩐지 마음이 불편해졌다.

"저, 저기, 그럼 이만 가보겠습니다. 일 열심히 하세요."

그렇게 말하며 서둘러 길드 마스터의 방을 빠져나왔다.

얌전히 있었던 페르와 드라 짱도 따라 나왔다.

『흐아암~. 드디어 끝난 것이냐.』

페르가 크게 하품했다.

『후우, 겨우 녀석한테서 벗어났네.』

드라 짱은 엘랑드 씨를 경계하며 줄곧 페르 뒤에 숨어 있었다.

스이는 평소처럼 가죽 가방 안에서 세상모른 채 자고 있다.

"이걸로 용건도 끝났으니, 숲으로 갈까?"

『그래.』

『가자고.』

숲에 도착하자 페르와 드라 짱과 스이가 의기양양하게 사냥에 나섰다.

페르에게 매직 백(특대)를 맡겨두었으니 괜찮겠지.

그사이에 나는 무얼 하느냐 하면…….

"해체 복습이지. 뭐가 좋으려나……. 아직 해체하지 않은 마물이 꽤 있으니까. 코카트리스에 레드 보아는 물론이고, 드랭에 오기 전에 페르들이 잡아 온 것도……."

아이템 박스 안을 확인해보았다.

와이번, 절대로 무리.

와일드 바이슨, 이것도 너무 커서 무리려나.

골든 시프, 이건 금색 털이 소재로서 가치가 있을 것 같으니까, 털을 깔끔하게 제거할 수 없다면 손을 대지 않는 게 좋을 것 같다.

자이언트 혼 보아, 경트럭 크기의 커다란 멧돼지를 혼자서 해체할 수 있을 리 없잖아.

록 버드, 큰 편이기는 하지만 이거라면 어떻게든 될 것 같은데.

그렇다면, 코카트리스나 레드 보아나 록 버드 중 하나인가.

"좋아, 록 버드로 하자. 코카트리스랑 레드 보아는 엘랑드 씨에게 배우면서 해봤으니까, 새로운 마물에 도전해야지."

날개를 떼고, 뱀파이어 나이프를 푹 찔러넣고.

물론 소재로서 팔 수 있을 것 같은 날개 등은 빈틈없이 회수해서 아이템 박스로.

새 계열 마물인 코카트리스 해체를 떠올리면서 미스릴 나이프를 움직였다.

"후우, 이런 거려나."

자르는 방식이 조금 조잡한가 싶은 부분도 있기는 했지만, 대체로 잘되었다.

감정해본 결과, 내장은 전부 먹을 수 있지만 맛이 없다고 했다. 아쉽네.

이러저러한 사이에 페르들도 돌아왔다.

"어서 와. 오늘은 일렀네."

아직 해가 높은 중에 돌아오다니, 별일이다.

『그래. 이 주변에는 사냥감이 별로 없었다.』

"아, 드랭은 던전 도시라서 모험가가 많기 때문 아닐까? 모험가도 계속 던전에 들어가는 건 아닐 테니까."

모험가가 많다는 것은 마물도 상당히 사냥되고 있다는 뜻일 테니까.

그렇다고는 해도 페르들이 아무것도 못 잡아 왔을 리는 없겠지.

매직 백 안을 확인해보니…….

크기는 달랐지만, 뿔이 난 일본의 흑우와 똑 닮은 남색 털의 소가 있었다.

감정해보니 C랭크 마물로 블루 불이라고 나왔다.

"사냥감이 별로 없었다고 한 것치고는 양이 꽤 많은걸."

『그래. 블루 불 무리와 마주쳤다. 수만큼은 많다.』

『스이 있지, 파란 소들한테 풋풋해서 많이 쓰러뜨렸어.』

『이 녀석들은 거의 스이가 쓰러뜨렸어. 나는 커다란 새를 발견해서 그걸 잡았지.』

드라 짱이 말하는 커다란 새라는 건 이건가.

2미터 정도 되는 커다란 칠면조가 모습을 드러냈다.

감정하니, 이건 B랭크 자이언트 터키.

결국 매직 백 안에서는 블루 불×38, 자이언트 터키×4이 나왔다.

"이러니저러니 해도 수가 꽤 되는걸."

『뭐 그렇지.』

이걸로 해체하지 않은 마물도 수가 상당히 늘었으니, 내일은 모험가 길드에 가서 해체해달라고 할까.

소 계열 마물 고기도 필요하던 참이니까.

직접 해체할 수 있게 되었다고는 해도, 혼자서 해체하는 데는 한계가 있다.

역시 한꺼번에 부탁하기에는 모험가 길드가 최고다.

블루 불과 자이언트 터키를 아이템 박스에 던져 넣으면서 아까 아이템 박스의 내용물을 확인하다 깨달았던 점을 떠올렸다.

에이블링 던전의 드롭 물품인 다크 볼이나 무기 방어구 소재가 되는 것들을 드랭에서 매입하겠다든가 하는 이야기를 엘랑드 씨가 했었는데, 그 이야기를 하지 못했던 탓에 아이템 박스에 그대로 남아 있는 채였다.

어떡하지?

나로서는 어찌 되었든 상관없지만, 내일 모험가 길드에 가면 물어보기로 할까.

다음 날, 모험가 길드에 가자 곧장 2층으로 안내되었다.

엘랑드 씨도 우고르 씨도 지친 얼굴을 하고 있잖아.

"어라? 어쩐 일이십니까?"

"우고르 씨, 일하시는 데 방해해서 죄송합니다. 실은 말이죠……."

엘랑드 씨가 에이블링 던전의 드롭 아이템 중 몇 가지를 드랭에도 팔아달라고 했다는 이야기를 전했다.

"바보 마스터, 어째서 그런 중요한 이야기를 바로 하지 않은 겁니까?"

"그런 말을 한들, 도착하자마자 우고르 군이 나를 납치 감금하지 않았나. 그 후로는 정신없이 일하느라 드롭 물품에 관한 건 완전히 잊고 있었네."

"바보 마스터. 흉흉한 말은 하지 말아주세요. 이렇게 여기에 틀어박혀 있는 건, 다른 누구도 아닌 당신이 일을 내팽개쳐두고 놀기만 해서니까요."

"우으으……."

엘랑드 씨, 우고르 씨한테 반항해도 못 이긴다니까요.

"그래서, 에이블링 던전의 드롭 아이템은 어떤 게 있는지요?"

"네, 이런 느낌입니다."

나는 남은 리스트를 보여주었다.

"엘랑드 씨 이야기로는, 이 다크 볼과 무기 방어구가 되는 소재라고 했었습니다만."

리스트를 건네면서 내가 그렇게 말하자, 엘랑드 씨가 다크 볼의 유용성을 우고르 씨에게 설명했다.

"그런고로, 제법 괜찮은 가격에 팔 수 있을 거라고 보네."

"과연. 확실히 이야기를 들으니 여차할 때 유용할 것 같네요. 그걸 중점적으로 설명해서 팔면, 사려는 사람이 꽤 있을지도 모르겠군요."

잠시 리스트를 본 후에 우고르 씨가 매입하고 싶다고 말한 것은, 베놈 타란툴라의 독주머니, 베놈 타란툴라(특수 개체)의 독주머니, 킬러 카멜 크리켓의 마비독, 자이언트 킬러 카멜 크리켓의 마비독, 자이언트 커크로치의 마비독, 기간트 커크로치의 외피, 기간트 커크로치의 발톱, 다크 볼, 빅 브론즈 이구아나(특수 개체) 가죽 전부였다.

독이 너무 많은 거 아닌가 했는데, 우고르 씨가 말하길 마비독은 모험가들에게 수요가 제법 많아서 자금에 여유가 있는 지금이야말로 넉넉하게 사두고 싶은 물건이라고 했다.

생각해보면, 여차할 때 마비시키고 마지막 일격을 가하는 방식도 가능할 테니 모험가라면 갖고 있어도 손해는 없을 아이템일지도 모른다.

나는 필요 없지만.

"그럼 바로 매입 대금을 준비하겠습니다."

"아, 잠깐만요. 해체를 부탁드리고 싶은 것도 있으니, 그것도 함께 괜찮을까요?"

"그럼, 창고 쪽으로 가시겠습니까? 거기서 조금 전의 매입 물품도 꺼내주시는 걸로 하죠."

"우고르 군, 나도……."

"안 됩니다. 당신은 여기서 제대로 일을 하고 계세요. 땡땡이치면 큰일이 날 겁니다. 자, 무코다 씨 가시죠."

오오, 역시 우고르 씨.

우고르 씨 앞에서는 전 S급 모험가이자 길드 마스터인 엘랑드 씨도 상대가 안 되네.

◇ ◇ ◇ ◇ ◇

"그럼, 내일 오후에."

"네. 그때까지는 이번에 해체하는 것까지 함께 매입 대금을 준비해두겠습니다."

해체를 부탁한 것은 와이번×2, 와일드 바이슨×2, 골든 시프×3, 블루 불×7, 자이언트 터키×1이었다.

조금 많은가 싶었지만, 드랭은 해체 전문 직원도 많고 우고르 씨에게 물어보니 문제없다고 하기에 부탁했다.

여기에 가지고 있던 고기까지 더하면 한동안은 버티려나.

게다가 다양한 종류의 고기가 갖춰졌으니, 여러 가지로 즐길 수 있겠네.

자, 그럼…….

"저기, 정말로 갈 거야?"

『물론이다.』

『당연하지.』

『던전.』

역시 던전에 들어가게 되었다.

잠깐 숲에 다녀온 정도로는 페르도 드라 짱도 스이도 만족하지 못했다.

"그렇게 말해도, 그렇게 아래까지는 들어가지 않을 거야. 가도 필드 던전 앞까지만이야. 모처럼 좋은 집을 빌렸으니까, 내일 중으로는 지상에 돌아와야 해. 알았어?"

『그래.』

『알았다니까.』

『던전, 던전.』

정말로 안 걸까…….

어찌 됐든, 들어갈 마음으로 가득한 모두를 말릴 방법도 없으니 할 수 없다. 가볼까요.

두 번째 드랭 던전.

모험가가 많은 15층까지는 당연히 그대로 통과했고, 16층 이하도 페르들에게는 상대가 안 됐다.

그 점도 생각해가며 페르들과 이야기를 나누었고, 거인 존인 22층부터 탐색하기로 했다.

그렇게 정한지라, 우리 일행은 22층까지 단숨에 뛰어 내려갔다.

각층의 보스도 페르와 드라 짱이 단번에 쓰러뜨린지라, 여기까지는 그다지 시간이 걸리지 않았다.

"스이, 22층에 왔어."

『만세! 스이, 많이 많이 쓰러뜨릴 거야.』

가죽 가방 안에 있던 스이에게 말을 걸자 뽕하고 뛰어나왔다.

우리 앞에는 눈에 익은 거대한 갱도 같은 느낌의 울퉁불퉁한 바위가 튀어나와 있는 통로가 펼쳐져 있었다.

상황을 다 꿰고 있다며 나아가다 보니 오른쪽에 구멍이.

반 돔 형태의 그저 넓기만 한 방에는 트롤과 미노타우로스가 우글거리고 있었다.

『스이가 갈래.』

그렇게 말하자마자 스이가 뛰쳐나갔다.

『아아~ 한발 늦었네.』

드라 짱이 분하다는 듯이 중얼거렸다.

"자자, 다음에 하면 되잖아. 여기는 스이에게 맡기자."

『쳇, 어쩔 수 없지.』

우리는 방 입구에서 스이가 싸우는 모습을 지켜보았다.

스이를 발견하고 소리를 지르는 3미터를 넘는 거인.

그래도 스이는 겁먹지 않았다.

풋, 풋, 풋, 풋, 풋——.

연달아 산탄을 쏘아 트롤과 미노타우로스를 해치웠다.

조준도 정확해서, 머리나 가슴을 노려 바람구멍을 냈다.

레벨 업 한 스이에게는 트롤도 미노타우로스도 전혀 상대가 안 되는걸.

『주인, 전부 쓰러뜨렸어.』

"오, 빠르네. 스이, 대단하다."

그럼 드롭 물품을 주워서 다음으로 가볼까요.

다 함께 대량의 드롭 아이템을 주워 모으고, 다음 방으로 나아 갔다.

◇ ◇ ◇ ◇ ◇

도중에 점심을 먹기도 하며 쑥쑥 나아간 우리는 24층의 중간 부근을 지나고 있었다.

페르들 모두가 나서서 싸우면 명백하게 전력 과잉인지라, 순서 대로 싸우고 있었는데, 그래도 전력 과잉 느낌이었다.

그도 그럴 것이 페르도 드라 짱도 스이도 지난번 탐색 때보다 레벨 업 했으니까.

단독으로 거인들을 순식간에 죽였다.

일단 나도 레벨 업 하기는 했지만, 완전히 전력 외였다.

페르도 드라 짱도 스이도 너무 강해서 거인 존의 마물 트롤도 미노타우로스도 스프리간도 상대가 되지 못했다.

여기까지 오는 동안에 다시 대량의 드롭 아이템을 회수했다.

스프리간의 드롭 아이템인 보석도 몇 개 구했다.

이제 슬슬 지상으로 돌아가도 괜찮지 않을까 싶었지만, 모두 아직 돌아가려고 하지 않을 테지.

『좋아, 다음은 내 차례야!』

드라 짱이 의기양양하게 방으로 들어갔다.

퍼억, 퍼억, 퍼억, 퍼억, 퍼억——.

물 마법을 두른 드라 짱이 고속으로 종횡무진 날아다니며 거인들의 몸통에 바람구멍을 냈다.

『아직이야.』

퍼억, 퍼억, 퍼억, 퍼억, 퍼억——.

고속으로 달려드는 드라 짱에 의해 바람구멍이 나며 방에 있던 거인들의 수는 점점 줄어갔다.

트롤도 미노타우로스도 스프리간도 공격을 하려고 드라 짱을 향해 팔을 휘둘렀지만, 고속으로 날아다니는 드라 짱에게 맞을 리가 없었다.

퍼억——.

아, 마지막까지 남아 있던 스프리간이 쓰러졌다.

『끝났다! 내 싸우는 모습 제법이지?』

아, 네네. 그렇게 뻐기는 얼굴 할 거 없어.

그보다, 서둘러 드롭 아이템 회수다.

다 함께 협력해서 회수했는데, 드라 짱의 전투 시간보다도 회수 시간 쪽이 길었다.

『주인, 스이 배고파.』

『그래. 조금 이른 것 같기는 하지만, 밥을 먹는 것도 괜찮겠다.』

페르의 이야기에 따르면 이 앞쪽에 세이프 에리어가 있다고 한다.

"그럼 오늘 탐색은 이쯤에서 마무리하기로 하고, 거기서 저녁을 먹을까?"

우리 일행은 오늘의 잠자리가 될 세이프 에리어로 향했다.

자, 그럼 저녁밥은 뭘로 할까.

만들어둔 것도 있기는 하지만, 페르들에게 먹이기엔 양이 어중간하단 말이지.

어쩔 수 없으니 뭔가 만들어보기로 할까.

세이프 에리어에는 우리밖에 없으니, 마도 버너를 꺼내도 문제없을 테고.

"저녁밥을 준비할 테니까, 이거 마시면서 좀 기다려."

그리 말하며 인터넷 슈퍼에서 산 콜라를 바닥이 깊은 나무 접시에 찰랑찰랑하게 따라서 페르들 앞에 놓아주었다.

이걸로 조금은 시간을 벌었다.

뭘 만들까.

역시 간단하고 시간도 별로 안 걸리는 게 좋은데.

아이템 박스 안을 뒤져보았다.

그렇지. 어제 해체한 록 버드 고기를 쓰자.

록 버드를 이용한 간단한 메뉴라고 하면………… 아, 그걸로 할까?

주물러서 구울 뿐인 초간단 마요네즈 간장구이다.

간단한 데다 설거짓거리도 적어서 아주 우수한 메뉴다.

게다가 맛있다니까. 이게.

양념으로 쓸 조미료 종류는 가지고 있는 것들로 충분하고, 부족한 것은 위에 뿌려줄 쪽파뿐이려나. 딱히 없어도 상관없지만, 있는 편이 보기도 좋다.

인터넷 슈퍼에서 쪽파를 사고, 조리 개시다.

우선 비닐봉지에 마요네즈, 맛간장, 간 마늘(튜브형)을 넣고서 섞는다.

거기에 적당한 크기로 자르고 양념이 잘 배도록 포크로 푹푹 찔러 구멍을 낸 록 버드 고기를 투입. 다음은 주물러서 10분 정도 둔다.

이번에는 양념에 맛간장을 썼지만, 국수장국을 써도 된다.

다음은 달군 프라이팬에 올려 껍질 쪽부터 굽고, 적당히 익었을 때 뒤집어서 안까지 익히면 된다. 마요네즈 기름으로 구워지기 때문에 따로 기름을 두를 필요는 없다.

다 구운 록 버드 고기를 접시에 담고, 위에 잘게 썬 쪽파를 뿌리면 록 버드 마요네즈 간장구이 완성이다.

간단하기도 해서 마도 버너의 화구 네 개를 모두 써서 대량으로 만들었다.

맛은 알지만, 대량이니 살짝 맛보기를.

"기름진 양념이 또 맛있네."

마요네즈를 듬뿍 넣어서 기름진 진한 양념이 내 취향이다.

사실 기름진 양념은 자제하는 편이 좋겠지만, 맛있는걸. 이 진한 맛.

오, 오늘은, 뭐, 응, 이걸로 괜찮다고.

"다 됐어~."

페르와 드라 짱과 스이 앞에 록 버드 마요네즈 간장구이를 고봉으로 담은 접시를 내주었다.

모두 기다렸다는 듯이 달려들었다.

『음, 맛있다. 기름진 맛이 참을 수 없구나.』

페르도 마음에 들어 하다니, 마요네즈 듬뿍이 효과가 있었군.

『이거 맛있는걸.』

드라 짱도 마요네즈를 쓴 기름진 진한 양념 맛에 매료되었는지 우걱우걱 먹고 있다.

『맛있어.』

스이도 마음에 들었는지 부들부들 떨면서 먹고 있다.

역시 마요네즈와 간장은 위대하구나.

◇　◇　◇　◇　◇

하아, 잘 먹었다.

마요네즈 간장구이, 너무 맛있어서 그만 과식하고 말았다.

대량으로 만들었는데도, 페르들이 몇 그릇이나 더 먹어서 싹 비어버리고 말았다.

『주인, 케이크 먹고 싶은데.』

스이, 더 먹는 거야?

『오, 단 거야? 좋은데.』

『나도 먹겠다.』

드라 짱도 페르도 먹을 셈이구나.

뭐, 하루에 두 개라고 약속한 케이크고, 오늘은 아직 안 먹었으니 상관없지만.

나는 인터넷 슈퍼에서 후미야의 메뉴를 열었다.

오, 새로운 페어를 시작했네.

"딸기 페어라는데."

『음? 딸기란 건 그 빨간 열매 말이냐?』

"그래, 맞아. 페르가 언제나 먹는 케이크 위에 올라가 있는 거."

『딸기! 그거 새콤달콤해서 맛있어. 많이 먹고 싶어.』

스이도 딸기는 아주 좋아하지.

그렇다고 해도, 많이라.

많이는 안 되지만, 하나 늘려서 세 개 정도까지는 괜찮으려나.

던전에서 다소는 움직였으니까.

"그럼, 오늘은 세 개까지. 페르, 드라 짱, 스이. 어느 게 좋아?"

모두에게 딸기 페어 메뉴를 보여주었다.

『나는 늘 먹는 거면 된다.』

그렇게 말하며 페르는 늘 먹는 딸기 쇼트케이크를 요청했지만, 이쪽이 더 좋지 않을까?

"그거보다 이게 좋을 것 같은데?"

내가 가리킨 것은 한정 프리미엄 쇼트케이크였다.

『뭐가 다른 거냐?』

겉보기엔 그다지 다르지 않지만, 홋카이도산 밀가루와 순수 생크림을 사용했다고 한다.

게다가 딸기도 큼직한 걸 엄선해서 썼다는 모양이다.

그리 설명하자 『그래, 이쪽이다』라며 프리미엄 쇼트케이크로 변경했다.

프리미엄이라는 말에는 아무래도 마음이 끌린다니까.

페르는 프리미엄 쇼트케이크를 세 개.

"드라 짱은 어느 게 좋아?"

『푸딩이라고 말하려고 했는데, 그것도 맛있어 보이네.』

드라 짱은 딸기 페어 메뉴를 보며 고민하고 있는 모양이었다.

그렇다면, 분명 드라 짱한테 딱 맞는 게 있었는데.

"이거 어때? 딸기 푸딩 쇼트케이크."

『오오, 그런 게 있어?! 좋아, 그걸로 할래, 그걸로 세 개다!』

푸딩과 딸기 쇼트케이크의 훌륭한 조합에 드라 짱도 눈을 반짝반짝 빛냈다.

드라 짱은 딸기 푸딩 쇼트케이크 세 개.

"스이는 어느 게 좋아?"

『음, 그게, 저기…….』

내 무릎 위로 올라와 딸기 페어 메뉴를 보며 스이는 열심히 케이크를 골랐다.

『주인, 스이 이게 좋아!』

스이가 가장 먼저 촉수로 가리킨 것은 분홍색 딸기 크림과 딸기를 감싼 모양도 귀여운 딸기 롤케이크였다.

"이거 말이지. 다음은 어느 게 좋아?"

『저기 있지, 페르 아저씨랑 똑같은 이거!』

다음에 스이가 가리킨 것은 페르와 같은 프리미엄 쇼트케이크였다.

아무래도 조금 전에 페르에게 한 설명을 듣고서 맛있겠다고 생각한 모양이었다.

"네네, 이거 말이지. 마지막은 어느 거?"

『마지막 건……, 이게 좋아!』

스이가 마지막으로 가리킨 것은 바삭바삭한 파이 생지에 커스터드 크림을 더하고 위에 많은 딸기를 장식한 딸기 파이였다.

"마지막은 이거란 말이지?"

카트에 담긴 페르와 드라 짱과 스이의 몫을 계산했다.

"오, 왔다 왔다."

각자의 케이크를 접시에 담아서 주었다.

모두 맛있게 케이크를 먹고 있다.

나는 그 모습을 바라보면서 드립 백으로 끓인 커피를 마시며 한

숨 돌렸다.

"평화롭네……. 여기는 던전 안인데."

"으라차."

미스릴 창이 미노타우로스의 배를 베어 갈랐다.

"크오오오" 하는 미노타우로스의 비명과 함께 베어 가른 배 속
에서 내장이 주르륵하고 쏟아져 나왔다.

그리고 미노타우로스가 쓰러진 몇 초 후에 사라져갔다.

"우엑, 다 봐버렸어……."

드롭 된 고기를 주워 아이템 박스에 넣고 다음 사냥감을 찾았다.

우리는 거인 존의 마지막 층인 25층의 그저 넓기만 한 보스 방
에 와 있었다.

당연하다고 할까, 여기까지 오는 데 아무런 문제도 없이 올 수
있었다. 그래도 마지막 보스 방인 만큼 나도 조금은 싸워볼까 싶
어 참전했다.

"그오오오."

나를 발견한 트롤이 위세 좋게 소리치며 이쪽을 향해 왔다.

다음 사냥감은 트롤이다.

역시라고 해야 할까, 페르와 드라 짱과 스이가 다른 마물은 빈
틈없이 제압해주고 있어 내 쪽으로 오는 것은 한 마리뿐이었다.

아니, 정말로 고마운 일이야.

좋아. 트롤을 제대로 쓰러뜨려 볼까.

"파이어 볼."

트롤에게는 마법이 잘 듣지 않지만, 속임수의 의미도 담아서 우선은 배구공 크기의 파이어 볼(불구슬)을 날렸다.

"크어억."

폭발하는 파이어 볼.

하지만 이 정도로 트롤은 죽지 않는다.

얼마나 튼튼한 거냐고.

눈앞으로 퍼지는 불길에 트롤이 겁먹은 사이, 재빠르게 등 뒤로 돌아들었다.

그리고 트롤의 두 다리, 발목 근처를 미스릴 창으로 휙 베어 갈랐다.

"그아아아아."

트롤이 소리를 지르며 무릎을 꿇었다.

곧바로 트롤 목을…… 촤악.

스이 특제 예리함 발군인 미스릴 창으로 목을 슥삭 했다.

뒤에서 공격하다니 비겁하다 같은 건 없다.

나는 겁쟁이니까, 확실하게 없애는 방법을 취할 거다.

드롭 아이템은 가죽이었다.

그걸 주워 아이템 박스에 넣었을 때 페르의 염화가 들려왔다.

『커다란 게 그쪽으로 간다. 싸워봐라.』

에엑~…….

아니, 여기에서 커다란 거라고 하면………….

"크아아아아아!"

"역시 스프리간이잖아!"

미노타우로스와 트롤보다 더 커다란 스프리간이 쿵쿵 발소리를 내면서 이쪽으로 다가오고 있었다.

『너는 신에게 받은 완전 방어 스킬이 있지 않으냐. 그 정도로 겁먹을 것 없다.』

"아니 아니 아니, 아무리 그래도 이건 무섭다고."

『괜찮다. 해라.』

괜찮지 않다고!

나는 평화로운 일본에 살던 사람이라고.

완전 방어가 있다고 해도 저런 커다란 게 닥쳐들면 겁을 안 먹을 수 없다니까.

페르에게 무슨 말을 들은 것인지 드라 짱도 스이도 도와주러 오질 않았다.

젠장~ 페르 녀석, 두고 보자.

"크오오오오."

"망할, 일단 파이어 볼!!"

마력을 절반 가까이 담은 내 혼신의 파이어 볼이다.

1미터를 넘는 파이어 볼이 휭 하고 바람을 가르며 날아가 스프리간에게 착탄.

그리고 스프리간을 불덩어리로 만들었다.

"큭, 크그아아아아."

불덩어리가 된 스프리간이 날뛰기 시작했다.

바닥을 데굴데굴 구르며 필사적으로 불을 끄려 했고, 그러는 사이에 움직임이 사라졌다.

"…………해치운 건가?"

"그가앗…….."

쓰러뜨린 줄 알았던 스프리간이 벌떡 일어났다.

"헉."

스프리간이 어마어마한 형상으로 나를 노려보았다.

그리고…………

"크오오오오──."

미쳐 날뛰는 스프리간이 절규라고도 할 수 있는 소리를 외치며 나를 향해서 달려들었다.

"역시 이렇게 되는 건가──."

나는 남은 마력을 써서 배구공만 한 크기의 파이어 볼을 세 개 만들어 날렸다.

첫 1미터를 넘는 파이어 볼을 맞고 대미지를 입었을 터인 스프리간이 새로운 파이어 볼 세 개를 연속으로 맞고서 무릎을 꿇었다.

"크아악!"

"지금이다! 에잇, 에잇, 에잇, 으라차!"

미스릴 창으로 심장 주변을 정신없이 몇 번이고 찔렀다.

마지막에 찌른 창을 뽑자, 숨이 끊어진 스프리간이 무너지듯이 쓰러졌다.

그리고 사라진 후에 남은 드롭 아이템은 마석과 오팔이었다.

"후우~ 겨우 쓰러뜨렸네…….."

『하면 되지 않느냐.』

"뭐가 하면 되지 않느냐, 냐고! 페르! 갑자기 그런 커다란 걸 보내지 말라고!"

『흥, 네가 너무 약하니 조금은 강해지라고 협력해주고 있는 것이 아니냐.』

"약한 건 사실이지만, 마음의 준비라는 게 있잖아!"

그보다, 페르들 기준으로 생각하지 말아달라고. 정말이지.

『던전 안에서 마음의 준비라고 할 게 있느냐. 나타난 적을 쓰러뜨릴 뿐이다.』

크윽, 말하는 게 하나하나 다 정론이라서 너무나도 분하다.

그러던 때…….

『주인, 여기.』

『보물 상자가 있어.』

스이와 드라 짱이 부르는 소리가 들렸다.

소리가 들려온 쪽을 돌아보자 방 안쪽 벽면에 분명 보물 상자가 있었다.

서둘러 그쪽으로 갔다.

"호오, 예쁜 보물 상자네."

폭 50센티미터, 높이 30센티미터 정도 되는 보물 상자는 전체가 희고, 은 테두리에 자물쇠 부분에는 보석 장식도 달려 있었다.

이건 보물 상자 자체에도 상당한 가치가 있을 것 같다.

그렇게 말해도, 이 던전의 보물 상자에 바로 손을 대는 것은 금물이다.

자물쇠를 풀면 바로 열 수 있는 보물 상자이기는 하지만, 반드시라고 해도 좋을 만큼 덫이 있기 때문이다.

일단 감정부터.

【보물 상자】
여는 동시에 보물 상자 앞의 함정이 작동하게 되는 보물 상자. 그 구멍으로 떨어지면 두 번 다시 나오지 못한다.

안 되잖아…….

두 번 다시 나오지 못한다니, 죽는다는 의미잖아.

이 덫이야말로 위험하잖아.

완전 방어가 있어도 함정에 빠졌을 때도 효과가 있을지 알 수 없으니 말이다.

좋아, 이건 벽에 바짝 붙어 다가가서 미스릴 창으로 자물쇠를…….

"영차."

어떻게든 자물쇠의 고리를 빼내고, 뚜껑 틈새로 미스릴 창을 끼워 넣어 들어 올렸다.

덜컹──.

뚜껑을 연 순간 보물 상자 앞 바닥이 빠졌다.

"후우, 방심할 틈이 없다니까. 감정이 있어서 다행이야~."

우리는 뚫린 바닥에 주의하며 보물 상자 안을 들여다보았다.

"이건……."

감정.

【매직 백(대)】
마대(대)가 백 개 들어가는 크기의 매직 백. 시간 경과 없음.

"오오, 시간 경과가 없는 매직 백(대)이다."
보석 상자 안에는 이것만 들어 있었지만, 꽤 좋은 물건이 나왔다.
이건 내가 갖기로 하자.
페르들이 사냥하러 갈 때는 언제나 페르에게 매직 백(특대)를
가져가게 하는데, 드라 짱에게 이쪽을 가져가게 하는 것도 괜찮
을 것 같으니까.
지쳤지만 마지막에 매직 백(대)가 나와서 기분이 좋아졌다.
"그럼 돌아갈까?"
『으음, 조금 더 있어도 괜찮지 않으냐?』
『어? 조금 더 있자.』
『벌써 돌아가?』
"안 돼. 이 아래는 이제 필드 던전이잖아. 그 앞까지만이라고
약속했으니까 돌아갈 거야."
그렇게 말하자 모두 투덜투덜했지만, 저녁밥으로 어스 드래곤
과 레드 드래곤 스테이크를 내주는 것으로 마무리가 지어졌다.
그리고 후미야의 케이크도 다섯 개씩이라는 걸로.
"자, 지상으로 돌아가자."

◇ ◇ ◇ ◇ ◇

후우, 역시 지상은 좋구나.

이번 던전은 페르들의 제멋대로 고집에 어울려준 것이었지만, 드롭 아이템인 미노타우로스 고기를 50개를 확보할 수 있었던 것과 매직 백(대)를 확보할 수 있었던 것은 좋았다.

사실은 피곤해서 이대로 집으로 돌아가고 싶은 마음이지만, 어제 매입을 부탁한 것이 있으니 모험가 길드로 가야만 한다.

"모험가 길드에 들렀다가 갈 거야."

『배가 고프다. 서둘러서 끝내라.』

『에이, 배고픈데.』

『주인, 배고파.』

"미안 미안, 받아 오기만 하면 되니까 아마도 시간은 그다지 안 걸릴 거야. 그리고 돌아가면 바로 밥 먹을 거니까. 응?"

모두를 달래며 모험가 길드로 향했다.

◇ ◇ ◇ ◇ ◇

모험가 길드로 가자, 창구 직원이 우고르 씨의 전언을 들려주었다.

지금은 바빠서 짬이 없으니 죄송하지만 직접 창고 쪽으로 가주었으면 한다는 내용이었다.

그 바쁜 원인의 일부도 나에게 있을 테니 조금 면목이 없었다.

일단 전언대로 직접 창고로 향했다.

몇 번인가 본 적 있는 해체 담당 직원에게 말을 걸자, 바로 상황을 이해했다.

"부길드 마스터에게 이야기는 들었어요. 고기는 돌려받아 가신다고 해서 냉장실에 보관해두었습니다."

직원의 안내를 받아 냉장실로 향했다.

드래곤 고기를 받을 때라든가, 나도 몇 번인가 들어가 본 적 있는 냉장실 안은 차가운 공기로 가득했다.

"그럼, 이쪽 와이번×2, 와일드 바이슨×2, 골든 시프×3, 블루 불×7, 자이언트 터키×1이었죠?"

직원에게 고기를 받은 다음 아이템 박스에 넣었다.

"매입 대금 쪽도 부길드 마스터에게 받아 맡아두었습니다. 이쪽으로 오시죠."

냉장실에서 나와 직원 뒤를 따라갔다.

"그럼, 여기 매입 대금입니다."

작업대 위에 자그마한 자루가 두 개 놓였다.

"우선 에이블링 던전의 드롭 아이템 쪽입니다만, 베놈 타란툴라 독주머니×92로 금화 644닢, 특수 개체의 독주머니가……."

직원이 에이블링 던전의 드롭 아이템 내역을 설명해주었다.

합계 금화 3,098닢이라고 한다.

상당히 큰 금액이지만, 이제는 놀랍지도 않다.

이어서 와이번과 와일드 바이슨 등의 고기를 제외한 소재의 매입 대금이다.

"와이번×2으로 금화 1,120닢, 와일드 바이슨×2로 금화 40닢, 다음이⋯⋯⋯⋯⋯⋯, 고기를 제외한 소재의 매입 대금은 1,251닢입니다. 던전의 드롭 아이템 매입 대금과 합쳐서 4,349닢입니다. 그런고로, 여기 백금화 43닢과 금화 49닢입니다."

작업대 위에 놓인 백금화 자루와 금화 자루를 가리키며 직원이 그렇게 말했다.

"부길드 마스터로부터의 전언입니다. 가지고 있는 대금화가 부족해서 백금화와 금화로 준비했습니다라고 합니다."

네네, 아무 문제 없습니다.

백금화도 대금화도 아직 써본 적 없으니까.

대금을 받았으니 돌아갈까 하던 차에 조금 전 직원이 불러 세웠다.

"아, 그렇지. 잠깐 기다려주십시오."

직원이 달려가 무언가를 가져왔다.

"부길드 마스터가 이걸 무코다 씨에게 전해달라며 맡기셨습니다."

그렇게 말하며 건네받은 것은 지난번에 내가 우고르 씨에게 레드 드래곤 고기와 파운드케이크를 담아 건넸던 바구니였다.

뭐지?

모험가 길드를 나서서 열어보니, 안에는 두 통의 편지와 바구니 속에 쏙 들어갈 크기의 항아리가 있었다.

편지 중 한 통은 우고르 씨의 아내인 티르자 씨가 쓴 것이었고, 다른 한 통은 아들인 미하일 군과 딸인 미라나가 쓴 것이었다.

'우고르의 아내인 티르자라고 합니다.

귀하디 귀한 드래곤 고기를 선물해주셔서 감사드립니다.

가족 모두가 맛있게 잘 먹었습니다.

단 과자도 아주 아주 맛있었습니다.

감사의 마음을 담아 말린 과일을 만들었습니다. 받아주셨으면
합니다.'

'맛있는 고기 고맙습니다.

맛있는 과자도 고맙습니다.

　　　　미하일 미라나'

아무래도 드래곤 고기도 파운드케이크도 기쁘게 받아준 모양
이다.

이 세상의 여성도 단것을 좋아하기는 마찬가지인지, 티르자 씨
는 특히 파운드케이크를 받고 기뻤던가 보다.

미하일 군과 미라나가 보낸 편지도 삐뚤빼뚤한 글씨지만 마음
을 전하려고 열심히 써주었다는 것이 느껴졌다.

특히 미라나의 글씨는 겨우 읽을 수 있을 정도인 것이, 글자를
배운 지 얼마 안 된 듯 보였다.

뭐랄까, 이런 거 기쁜데.

항아리 뚜껑을 열어보니 티르자 씨가 직접 만든 다양한 종류의
말린 과일이 가득 담겨 있었다.

하나 먹어보았다.

입안에 퍼지는 소박하면서도 부드러운 단맛.

다시 한번 편지를 읽으며 흐뭇함에 빠졌다.

『너는 왜 그렇게 히쭉히쭉하는 것이냐?』

페르…….

히쭉히쭉이라니, 무슨 말이야. 모처럼 사람이 좋은 기분에 젖어 있는데 말이야.

하아. 뭐, 됐어.

"자, 얼른 돌아가서 밥 먹자."

『그래.』

『밥 밥.』

『밥~.』

저녁밥은 약속대로 어스 드래곤과 레드 드래곤 스테이크로 했다.

페르도 드라 짱도 스이도 배가 빵빵해질 때까지 먹고 또 먹었다.

덕분에 지쳤어.

그다음으로, 이것도 약속대로 후미야의 케이크 다섯 개.

드래곤 스테이크를 배부르게 먹었으니 디저트는 필요 없을 거라고 생각했는데, 단 건 별개인가 보다.

보통 여성들이 말하는 "단 거 들어가는 배는 따로 있다" 같은 말까지 했다.

페르는 어제 먹은 프리미엄 쇼트케이크가 마음에 들었는지, 그걸 다섯 개.

드라 짱은 페르와 마찬가지로 어제 먹은 딸기 푸딩 쇼트케이크가 마음에 들었는지, 그것 세 개와 평소 먹던 커스터드 푸딩을 두 개.

스이는 딸기 페어 목록에 따라 딸기 레어 치즈 케이크, 딸기 몽블랑, 초콜릿 딸기 타르트, 딸기 롤 케이크, 딸기 밀푀유로 처음부터 끝까지 딸기였다.

모두가 케이크에 군침을 삼키는 사이에 나는 커피를 마시며 감정을 해보았다.

던전에 들어갔다고는 해도 이번에는 시간이 짧았으니 레벨은 그다지 오르지 않았으리라 보지만, 그래도 일단은 말이지.

페르, 드라 짱, 스이 차례로 감정했다.

【이름】페르
【나이】1014
【종족】펜리르
【레벨】945
【체력】10142
【마력】9768
【공격력】9429
【방어력】10157
【민첩성】9954
【스킬】바람 마법, 불 마법, 물 마법, 흙 마법, 얼음 마법, 번개

마법, 신성 마법, 결계 마법, 발톱 베기, 신체 강화, 물리 공격 내성, 마법 공격 내성, 마력 소비 경감, 감정, 전투 강화
　【가호】 바람의 여신 닌릴의 가호, 전쟁의 신 바하근의 가호

　아무래도 페르 레벨쯤 되면 그 정도로는 레벨 업이 되지 않는 모양이다.
　그나저나, 언제 봐도 엄청난 스테이터스네.

　【이름】 드라 짱
　【나이】 116
　【종족】 픽시 드래곤
　【레벨】 199
　【체력】 1229
　【마력】 3450
　【공격력】 3307
　【방어력】 1158
　【민첩성】 4023
　【스킬】 불 마법, 물 마법, 바람 마법, 흙 마법, 얼음 마법, 번개 마법, 회복 마법, 포격, 전투 강화
　【가호】 전쟁의 신 바하근의 가호

　드라 짱의 이전 레벨은 분명 197이었으니까, 레벨이 2 오른 거지?
　드라 짱도 레벨이 높으니까.

그 정도로 2 레벨 업 했으면 괜찮은 편일지도.

【이름】 스이
【나이】 4개월
【종족】 휴즈 슬라임
【레벨】 42
【체력】 1731
【마력】 1694
【공격력】 1709
【방어력】 1716
【민첩성】 1727
【스킬】 산탄, 회복약 생성, 증식, 물 마법, 대장장이, 초거대화
【가호】 물의 여신 루사루카의 가호, 대장장이 신 헤파이스토스의 가호

분명 스이는 전 레벨이 38이었으니까, 4 레벨 업인가.
스이에게는 아직 진화할 여지가 있으니까.
그래도 어느 정도 진화한 지금은 전보다 레벨이 잘 오르지 않는 느낌인걸.
솔직히 말하자면, 던전에 들어간 기간도 짧았고, 페르와 드라 짱은 고레벨, 스이도 어느 정도 진화했으니, 어쩌면 레벨 업은 없을지도 모른다고 생각했었다.
그러니 드라 짱과 스이가 레벨 업 한 것만으로도 성과가 좋다

고 해야 할지 모른다.

그리고 마지막은 내 스테이터스 확인이다.

확인한다고 해도, 마지막의 마지막에 조금 싸웠을 뿐이니 대폭 레벨 업 하지는 않았을 테지만.

【이름】무코다(츠요시 무코다)

【나이】27

【종족】일단 인간

【직업】휩쓸린 이세계인, 모험가, 요리사

【레벨】66

【체력】413

【마력】401

【공격력】393

【방어력】385

【민첩성】331

【스킬】감정, 아이템 박스, 불 마법, 흙 마법, 완전 방어, 획득 경험치 두 배 증가

　　　사역마(계약 마수) 펜리르, 휴즈 슬라임, 픽시 드래곤

【고유 스킬】인터넷 슈퍼

　　　《외부 브랜드》후미야, 리큐어 샵 다나카

【가호】바람의 여신 닌릴의 가호(소), 불의 여신 아그니의 가호(소), 대지의 여신 키샤르의 가호(소), 창조신 데미우르고스의 가호(소)

오, 레벨이 4나 올랐잖아!

마지막에 그 정도밖에 안 싸웠는데도 이렇게나 오른 건 획득 경험치 두 배 증가 스킬이 있기 때문이려나.

응응, 나로서는 순조롭다고 봐야겠지?

무리하게 레벨 올리기는 하지 않고, 싸울 수 있을 때 싸운다고 하는 게 나의 기본자세니까.

내가 감정하는 사이에 모두 케이크를 다 먹었다.

역시 배가 부른지, 모두 졸려 보였다.

페르는 가볍게 빗질을 하고, 드라 짱과 스이는 나와 함께 목욕을 마치자마자 바로 잠들어버렸다.

나도 그만 잘까 하다 아차 하며 떠올렸다.

"데미우르고스 님에게 공물을 바쳐야지."

하지만 시끄러운 여신님들과 애주가 콤비와 달리, 데미우르고스 님은 이쪽에 다 맡겨주시니 그 부분은 참 감사했다.

바로 인터넷 슈퍼를 열어서 외부 상점 '리큐어 샵 다나카' 메뉴를 확인해보았다.

여기서 도움이 되는 것이 바로 랭킹.

나는 술을 잘 모르는지라, 이런 게 있어 정말 편리했다.

"데미우르고스 님은 일본 술이 좋다고 하셨지……."

일본 술 판매 순위를 살펴보았다.

흐음흐음…… 아, 이거 괜찮을지도.

우선 하나 고른 것은 후쿠이현의 술이었다.

월간 판매 랭킹은 9위로, 상위라고는 할 수 없는 순미 음양주인데, 점장 추천이라는 글을 보고 이걸로 정했다.

가격이 적당하기도 해서 그 시리즈 중에서는 가장 인기라고 한다.

쌀 본래의 감칠맛과 훌륭하게 조화를 이룬 맛과 향을 즐길 수 있는 술이라고 적혀 있었다.

다음은 뭐가 좋을까…… 이것도 괜찮을지 모르겠는데.

다음으로 고른 것은 월간 판매 랭킹 8위이자, 주간 판매 랭킹 2위이기도 한 술이었다.

양쪽 순위에 올라 있는 것과 나도 이름을 알고 있을 만큼 유명한 술이었던지라 이것으로 정해보았다.

니가타현을 대표하는 술로, 전국적으로도 그 이름이 알려진 원조 환상의 명주라는 느낌의 술이다.

맛은 깔끔하고 쌉쌀하고, 넘긴 후의 뒷맛도 산뜻하고 가볍다고 한다.

첫 번째와 두 번째 병은 월간과 주간 판매 랭킹에서 골랐으니, 마지막은 일간 판매 랭킹에서 골라보았다.

일간 판매 랭킹 1위에 빛나는 술.

조금 비쌌지만, 파란 병이 특징적이고 예뻐서 골라보았다.

니가타현 사도(옛 지명)의 술이라고 하는데. 장기 저온 발효로 만들어진 대음양주로 좋은 향기와 섬세하고 깊은 맛이 특징이라고 한다.

물론 세 병 모두 한 되들이다.

다음은 안주로, 지난번과 같은 프리미엄 통조림 안주 선물 세트.

물론 지난번과는 다르게 조합된 것이다.

이번에는 흑우 로스트, 흑돼지 베이컨에 고기 조림, 은어 치어 오일 절임 등으로 구성된 열두 개 세트다.

계산하자 늘 그렇듯 종이 상자가 나타났다.

내용물을 꺼내고 종이 상자 제단에 올려두었다.

"좋아, 준비 오케이. 어흠…… 저기, 데미우르고스 님, 부디 받아주십시오."

『음? 무코다인가? 괜찮겠나?』

"네, 물론입니다. 그 대신이라고 말하기는 뭐하지만, 무슨 일이 생겼을 때는 부디 힘을 보태주십사 부탁드립니다."

『그래, 그래. 알았네. 전에도 말했던 대로, 다소의 융통은 발휘할 셈일세.』

성은이 망극하옵니다. 창조신님.

종이 상자 제단 위의 술과 통조림 안주 선물 세트가 옅은 빛과 함께 사라져갔다.

『오오, 전과는 다른 술이로군. 게다가 통조림이라고 했던가? 이것도 또 있는 것인가? 이거 기쁘군. 이걸 안주로 술을 마시는 것이 최근의 즐거움일세. 고맙네. 마음이 내키면 또 부탁하네.』

하하~.

마음이 내키면이라뇨. 매주 바치겠습니다.

잘 좀 부탁드리겠습니다. 창조신 데미우르고스 님.

후후후후후, 언질은 잡았다고.

이걸로 무슨 일이 생겼을 경우의 대비도 만전.

어쨌든 수명이 1500년이나 되니까 말이지.

페르와 드라 짱과 스이가 있다고는 해도, 창조신님의 조력이 있으면 무슨 일이 있어도 문제없다.

데미우르고스 님에게 공물 바치기를 마친 나는 마음 편히 잠자리에 들었다.

◇ ◇ ◇ ◇ ◇

내일은 드랭을 떠날 예정이므로 오늘 하루는 여행 준비를 하며 보냈다.

바로 여행 중에 먹을 밥 만들어두기다.

튀김에 돈가스, 민치가스, 햄버그, 된장 절임 같은 고정 메뉴와 다양하게 어레인지가 가능한 고기 소보로에 돈지루와 해산물 수프, 이른 아침부터 여러 가지를 만들었다.

"후우, 이 정도면 되려나. 이래저래 이것저것 만들고 말았네."

직업에 요리사가 들어간 후로 작업도 척척 잘되다 보니 조금 지나치게 만드는 경향이……

뭐, 많아도 어차피 다 먹으니까 문제없으려나.

우리는 대식가가 모여 있으니까.

"하지만, 아직 이게 남아 있는데……."

앞에 놓인 볼 속에는 오크 고기와 던전의 드롭 아이템인 미노타우로스 고기를 섞어 간 것이 담겨 있었다.

"신이 나서 좀 많이 만들었어."

그게, 스이 특제 미스릴 분쇄기는 별 힘을 쓰지 않아도 고기가 잘 갈리니까, 나도 모르게 말이지…….

"으음, 이대로 두는 것도 뭐한데. 간 고기로 뭔가 메뉴를 하나 더 만들어볼까? 간 고기라, 뭐가 좋으려나?"

간 고기라~ 간 고기………… 그래, 그걸로 하자.

내가 간 고기를 이용해 만들기로 한 것은, 바로, 미트 파이다.

전에 세일 상품인 간 고기를 너무 많이 샀을 때 만든 적이 있거든.

인터넷에서 레시피를 검색해보고 의외로 쉬워 보여서 만들어봤는데 엄청나게 맛있었다.

"좋아, 추가로 미트 파이를 만들자!"

그렇게 정했으면, 인터넷 슈퍼에서 부족한 재료 조달이다.

양념으로 쓸 조미료와 파이 생지 표면에 윤기를 낼 때 쓸 달걀은 있으니, 간 고기에 넣을 양파와 당근, 그리고 시판 냉동 파이 시트를 구입.

양파와 당근을 다지고, 달군 프라이팬에 기름을 두르고 숨이 죽을 때까지 볶는다.

양파와 당근이 흐물흐물 해졌을 때 간 고기를 함께 넣어서 볶아주고, 케첩, 소스, 분말 타입의 콩소메, 소금, 후추, 육두구(이건 취향에 따라서)로 맛을 냈다.

마지막으로 밀가루를 뿌려서 전체적으로 섞어준 다음, 불에서 내려 식힌다.

그사이에 해동해두었던 냉동 파이 시트를 4등분하고, 위에 덮을 파이 시트 두 장에는 둘레에 1센티미터 정도를 남겨두고 칼집을 몇 개 내준다.

칼집을 넣지 않은, 아랫부분이 될 파이 시트 위에 볶아둔 간 고기를 얹고 그 주변에 달걀노른자와 물을 섞어 푼 달걀물을 바른다.

그 위에 칼집을 넣은 파이 시트를 덮고, 주변을 포크로 눌러 단단히 붙여주면 장방형 파이가 완성된다.

다음은 파이에 윤기를 내기 위해 달걀물을 바르고 오븐에서 노릇하게 구우면 완성이다.

이번에는 전에 만들었던 레시피대로 양파와 당근을 썼지만, 귀찮을 때는 냉동 믹스 채소를 써도 된다.

카레 가루를 써서 카레 풍미 미트 파이를 만들어도 맛있을 것 같다.

모양도 케이크처럼 커다란 원형도 가능하고, 삼각형도 가능하고, 이번에 내가 만든 장방형보다 한층 작은 조그마한 파이도 먹기 쉬울지도 모르겠다.

맛과 모양은 취향에 따라 다양하게 바꿀 수 있을 듯하니 나중에 또 만들어볼까.

이러저러하는 사이에 미트 파이가 다 구워졌다.

"오, 노릇노릇하게 구워져서 맛있어 보이는걸. 이건 맛을 안 볼 수가 없네."

고소한 냄새에 져서 한입 덥석.

바삭.

"맛있어……."

파이의 고소하고 바삭바삭한 식감이 아주 좋았다.

게다가 안에 가득 든 고기소와 잘 어울렸다.

간 고기가 가득 들어서 든든함 만점인 점도 좋은걸.

『어이, 맛있어 보이는 걸 먹고 있군. 나한테도 다오.』

『나한테도야.』

『스이한테도 줘.』

…………구워진 걸 살짝 맛봤을 뿐인데.

냄새에 이끌려 온 페르들이 대기하고 있었습니다.

어쩔 수 없으니, 간식으로 접시 가득 미트 파이를 담아 모두에게 주었다.

"그렇지. 우고르 씨 아내분인 티르자 씨한테 받은 말린 과일로 파운드케이크를 만들어볼까?"

저녁에 엘랑드 씨와 우고르 씨에게 내일 드랭을 떠난다고 보고하러 갈 셈이었으니, 모처럼 선물 받은 말린 과일을 이용한 파운드케이크를 구워 가져가자.

그렇게 계획을 세우고, 서둘러 말린 과일을 넣은 파운드케이크를 만들었다.

만드는 법이 간단해서 시간은 그다지 걸리지 않았다.

기본 파운드케이크에 말린 과일을 넣어서 구울 뿐이다.

선물은 갓 구운 말린 과일 파운드케이크와 미트 파이다.

그것들을 챙겨 들고 모험가 길드로 향했다.

모험가 길드에 도착하자 직원이 바로 2층으로 안내해주었다.

방에 들어가니, 엘랑드 씨도 우고르 씨도 산더미 같은 서류에
파묻혀 있었다.

"아, 무코다 씨. 우고르 군, 무코다 씨가 왔네! 휴식, 잠시 좀
쉬세!"

엘랑드 씨, 필사적이야.

"무코다 씨, 잠시만 기다려주십시오. 바보 마스터는 일을 계속
하십시오. 무코다 씨 상대는 제가 할 테니까요."

"그런~."

엘랑드 씨, 울상이야.

원인을 따지자면 엘랑드 씨가 노는 데 정신이 팔렸던 탓도 있
으니까.

자업자득이지. 잘 이겨내세요.

"무코다 씨, 기다리시게 해서 죄송합니다. 오늘은 무슨 용건
으로?"

우고르 씨, 엘랑드 씨의 불평은 완전 무시네.

"보고할 게 좀 있어서요……. 아, 지난번에 주신 선물은 정말
감사했습니다."

"아뇨 아뇨. 무코다 씨께 맛있는 걸 잔뜩 받아서 가족들이 아주
기뻐했습니다. 자그마한 답례일 뿐입니다."

"간식을 만들어 오는 김에, 그 감사 인사를 드려야겠다 싶어서
요. 이걸 받아주십시오."

그리 말하며 우고르 씨에게 바구니를 건넸다.

안에 들어 있는 것은 말린 과일이 들어간 파운드케이크와 미트

파이였다.

"우고르 군만 치사하게!"

"엘랑드 씨 몫도 있으니까 걱정하지 마세요."

나는 쓴웃음을 지으며 엘랑드 씨 몫의 바구니를 건넸다.

"무코다 씨, 믿고 있었습니다. 고맙습니다!"

엘랑드 씨는 바구니 속 내용물을 보며 싱글벙글한 얼굴이다.

그런 엘랑드 씨의 모습에 우고르 씨는 깊은 한숨을 내쉬었다.

"오늘 온 건 말이죠, 내일 드랭을 떠나게 돼서 그 보고를 드리려고요."

"아아, 그렇습니까."

덜컹──.

"에엑──! 무, 무코다 씨, 드랭을 떠나는 겁니까?!"

엘랑드 씨가 자리에서 벌떡 일어나 그렇게 소리쳤다.

기세가 넘친 탓에 앉아 있던 의자가 성대하게 뒤로 넘어갔다.

"바보 마스터, 시끄럽습니다. 진정하세요."

"지, 진정할 수 있을 리가 없잖아! 무코다 씨가 드랭을 떠난다고!"

"무슨 말을 하는 겁니까? 무코다 씨는 모험가이시니, 전혀 이상하지 않습니다만?"

우고르 씨, 지당하신 말씀입니다. 모험가는 각지를 떠도는 법이니까요.

"그, 그건 그렇지만, 조금만 더 이 도시에 있어도 좋다고 보는데. ······그렇지! 무코다 씨, 이 도시를 거점으로 삼으면 어떻겠습니까? 드랭은 던전도 있고, 아주 좋은 도시랍니다! 그렇죠? 그렇게 생각하죠?"

엘랑드 씨의 말대로 이 도시는 크고 좋은 도시라고는 생각하지만…….

"저기, 현재로서는 그럴 마음이 없습니다."

솔직히 말해, 전혀 없습니다.

"우으~ 그런. 드, 드라 짱이 멀리로……."

엘랑드 씨가 풀썩 어깨를 늘어뜨렸다.

그리고 엘랑드 씨, 속내가 다 새어 나왔거든요.

"아무튼, 그런고로 지금까지 신세 많았습니다."

"무코다 씨, 또 드랭에 찾아와 주십시오."

"네."

…………그렇게 대답은 했지만, 이 도시에는 한동안 안 올 것 같은데.

누구라고는 말하지 않겠지만, 좀 성가셔서.

무엇보다 당사자인 드라 짱이 매우 질려 해서 말이지.

"그럼, 다음에 또 뵙겠습니다."

우고르 씨에게 그리 말하며 슬쩍 방에서 나오자 안에서 "드라짱——앙" 하고 외치는 소리가 들려왔다.

깜짝 놀란 우리는 서둘러 모험가 길드를 뒤로했다.

『여기 던전은 재미있지만, 당분간은 됐어…….』

부르르 몸을 떤 드라 짱이 그렇게 중얼거렸다.

지나치게 격한 사랑은 상대에게 트라우마를 심어줄 뿐이지.

참고로, 스이는 줄곧 가방 속에서 푹 잠들어 있었다.

『그나저나, 다음은 어디로 갈 셈이냐?』

다음 갈 곳은 이미 정해져 있다.

"다음은, 이 나라에 와서 처음으로 머물렀던 도시, 카레리나로 갈 거야."

『그 도시인가.』

"기한보다는 조금 이르지만, 주문한 와이번 가죽 망토도 받으러 가야만 하니까. 게다가, 좀 생각하고 있는 것도 있거든. 내일은 아침 일찍 집 열쇠를 상인 길드에 돌려주고, 그대로 출발할 거야."

『그래.』

『좋아. 얼른 이 도시를 나가자고.』

다음 날 이른 아침, 우리 일행은 드랭을 나와 곧장 카레리나로 향했다.

이 세계의 주신이기도 한 창조신 데미우르고스는 고급스러운 방에서 최근 들어 가장 큰 즐거움이 된 이세계 술과 안주를 즐기고 있었다.

"그 녀석들, 제대로 반성하고 있으려나."

그리 말하며 슬쩍 팔을 휘두르자 데미우르고스 눈앞에 반투명한 원도 같은 것이 나타났다.

그리고 그곳에는 근신 중인 바람의 여신 닌릴의 모습이 비치고 있었다.

바람의 여신 닌릴의 궁——.

마치 초상집 같은, 가라앉은 분위기가 감돌고 있었다.

"하아……. 이세계 단것…………."

침대에 누운 닌릴이 조용히 중얼거렸다.

그 모습은 이전과는 달리 맥이 없었다.

결국 무코다와의 관계를 창조신님에게 들키고 말았고, 창조신님께 호되게 혼난 탓이다.

무코다에게 받은 공물은 전부 몰수된 데다 한 달간 근신이라고 하는, 닌릴에게는 무거운 처분을 받았다.

157

물론 그사이에는 무코다와 연락하는 것도 금지다.

"케이크…… 푸딩…… 도라야키…………."

지금까지 먹었던 이세계의 여러 단 음식들.

그것들이 미각과 함께 머릿속을 스쳐 갔다.

"도라야키가 먹고 싶구나……. 츄릅."

좋아하는 도라야키 맛을 떠올리다 그만 군침을 흘릴 뻔했다.

"한 달……. 아무리 창조신님이라도, 이 벌은 너무하니라."

한 달이나 이세계 단 음식 금지.

닌릴로서는 고문이나 마찬가지였다.

이세계 단맛을 맛본 이후로 이 세계의 벌꿀이나 말린 과일 같은 것으로는 만족할 수 없게 되었으니 말이다.

"한 달은 너무 기니라……."

창조신님에게 한 달간 근신이라는 말을 들은 지 일주일. 닌릴의 마음은 이미 꺾이려 하고 있었다.

"하아~……. 어째서 이 몸은 단것을 남겨두지 않은 것이냐. 조금이라도 남아 있었다면 달랐을 것을……."

닌릴은 무코다에게 단 음식들을 그렇게나 많이 받았건만, 전혀 남겨두지 않고 모조리 먹어버렸던 것이다.

"이 몸은 바보니라……."

과거의 자신을 후회하고 있으려니, 악마가 속삭였다.

『몰래 그 녀석에게 신탁을 내려 단 음식을 바치게 하면 되지 않느냐.』

"아니 아니 아니, 아니 되느니라. 아니 돼. 그런 짓을 했다가 창조신님에게 들키면, 이번에는 한 달 근신으로는 끝나지 않을 것이니라."

닌릴 속의 악마가 다시 속삭였다.

『들키지 않으면 괜찮으니라.』

"안 들킬 리가 없느니라! 상대는 창조신님이니라! 후우~ 진정해야 하느니라. 그리고, 잡념을 버리는 것이니라. 그러하지 않으면 큰일이 난다……. 자칫하면 한 달 근신은커녕, 두 번 다시 이세계 단것을 맛보지 못하게 될지도 모르느니라."

닌릴은 생각이 거기에 다다르자 부르르 몸을 떨며 마음속의 악마를 떨쳐냈다.

"괴롭지만, 지금은 견딜 수밖에 없느니라……."

닌릴은 근신이 끝나기만을 기다리며 꾹 참기로 했다.

"정말이지, 닌릴은 참을성이 부족하군. 뭐, 끝까지 참아냈으니 좋게 봐주기로 할까."

이세계 술과 안주를 즐기며 데미우르고스는 "이세계 음식은 맛있으니, 닌릴의 마음도 이해가 안 되는 바는 아니야"라고 중얼거렸다.

"뭐, 내 말을 지키지 않았다간 정말로 두 번 다시 이세계 단것은 맛보지 못하게 될 게다. 후옷후옷후옷. 자, 다음은 키샤르를 한번 볼까."

대지의 여신 키샤르의 궁——.

키샤르의 궁에서는 긴장된 분위기가 감돌고 있었다.

자신의 방에 있던 키샤르는 초조한 모습으로 침대 앞을 이리저리 오가고 있었다.

"한 달이야, 한 달⋯⋯."

키샤르는 근신 기간인 한 달을 어찌 버틸지 생각하느라 머리가 아플 지경이었다.

이세계의 훌륭한 미용 제품을 쓰기 시작한 지금, 그것 없는 생활은 도저히 생각할 수 없었다.

"샴푸와 트리트먼트는 괜찮아."

키샤르는 무코다의 조언을 받아 두 종류의 샴푸와 트리트먼트를 그날그날의 기분에 따라 나눠 쓰고 있었다.

지금 쓰고 있는 두 종류의 샴푸와 트리트먼트는 아직 절반 정도 남아 있다.

"아직 양쪽 다 반은 남아 있고, 아직 손을 대지 않은 샴푸와 트리트먼트도 한 통씩 있으니까, 이건 괜찮아."

키샤르에게는 아직 사용하지 않은 여분의 샴푸와 트리트먼트가 한 세트 남아 있었다.

"바디 샴푸도 괜찮아. 여차하면 비누도 남아 있으니까."

바디 샴푸도 무코다의 조언으로 두 종류를 그날의 기분에 따라 바꿔가며 쓰고 있었다.

한 통은 3분의 1 정도 남아 있었고, 또 한 통은 이제 막 쓰기 시작한 참이었다.

키샤르의 말대로 바디 샴푸가 떨어져도 비누는 세 개가 남아 있어, 상당히 여유로워 걱정할 필요는 없었다.

"문제는 얼굴에 바를 것들이야. 그리고, 이게 가장 중요하기도 해……."

이세계의 스킨 케어 제품은 키샤르의 피부에 커다란 변화를 가져왔다.

매끈매끈하고 보드랍고 탱탱하고 탄력 있는 달걀 같은 피부.

키샤르는 이세계의 스킨 케어 제품으로 여성이라면 누구라도 부러워할 아름다운 피부를 손에 넣었다.

"지금 쓰는 조금 비싼 스킨과 로션과 크림. 효과도 좋고 내 피부랑도 잘 맞아서 부족하지 않게 하려고 했는데……."

키샤르가 사용 중인 스킨과 로션과 크림은, 로션은 반 이상 남아 있지만 스킨과 크림이 상당히 줄어들어 있었다.

"스킨과 크림이 이제 일주일 분도 안 남았다고!"

그때는 다음에 공물로 받으면 충분히 여유가 있으리라 생각해서, 스킨과 크림은 나중에 부탁하려고 했었다.

"게다가 전부터 노리고 있던 크림……. 그건 분명 좋은 걸 텐데. 그게 있으면, 내 피부는 한층 더 아름다워질 텐데……."

키샤르는 창조신님에게 몰수당하고 만 고급 나이트 크림에 대해 이리저리 생각했다.

"아무튼, 떨어지면 어찌할 도리도 없으니까. 그때는 전에 받은 스킨과 크림으로 대응할 수밖에……. 사용감은 지금 쓰는 것보다 못하지만, 어쩔 수 없지. 이걸로 견딜 수밖에 없어."

전에 받은 저렴한 가격의 스킨과 크림이 아직 사용하지 않은 채 남아 있어 그걸 쓸 모양인가 보다.

"만약, 만약에, 이것까지 떨어지면………… 안 돼애애애애애애. 그런 건 생각하고 싶지도 않아! 이제 전처럼 올리브 오일을 바를 뿐인 관리법으로는 돌아갈 수 없다고! 스킨과 로션과 크림! 이 완벽한 관리법으로 모두가 부러워하는 아름다운 피부를 손에 넣었단 말이야! 이 피부가, 자랑인 고운 피부가……."

키샤르는 이세계 미용 제품에 상당히 의존하고 있는 모양이었다.

"하아, 하아, 하아……. 이게 없어지는 상황 같은 건 생각해선 안 돼. 어떻게 해서든 이걸로 한 달을 버티는 거야. 그러면 내 아름다운 피부도 안녕할 거야. 힘내자, 키샤르."

키샤르는 스스로에게 기합을 넣었다.

"…………신이라 해도 여자는 여자인가. 아름다움에 대한 여자의 집착은 무시무시하지."

데미우르고스가 절절하게 중얼거렸다.

"뭐, 이렇게나 아름다움에 집착하고 있다면, 키샤르에게는 좋은 벌이 되었을 테지. 후옷후옷후옷. 다음은 아그니를 보도록 할까."

불의 여신 아그니의 궁——.

아그니의 궁에서는 찌릿찌릿한 분위기가 감돌고 있었다.

아그니는 짜증스러운 기분을 억누르려는 듯이 자신의 궁 안을 느릿느릿 걸어 다니고 있었다.

"맥주를 마시고 싶어…………."

아그니는 좋아하는 맥주를 마실 수 없어 짜증이 나 있었다.

술은 마시고 있다.

그러나 마시고 있는 것은 맥주를 알기 전에 마시던 에일이다.

"미지근한 에일로는 안 된다고. 그 쨍할 만큼 차가운 맥주가 아니면 안 돼."

얼얼할 만큼 차가운 맥주의 맛과 목 넘김을 떠올리고 꿀꺽 군침을 삼켰다.

"젠장, 한 달이라니…………."

아그니는 한 달이나 그 멋진 맥주를 맛보지 못한다는 사실에 풀썩 어깨를 떨어뜨렸다.

"창조신님도 너무하잖아. 그 맛을 알았는데 한 달이나 참으라니."

훈련하며 땀을 흘린 후에 마시는 맥주.

목욕한 후에 마시는 맥주.

저녁 식사와 함께 마시는 맥주.

전부 맛있었다.

"으아아아아아아아아, 맥주 마시고 싶어!!!"

무코다에게서 받은 맥주를 매일 실컷 원하는 만큼 마셨던 아그니.

그랬던 것을 지금은 한 방울도 마실 수 없었다.

맥주에 대한 갈망이 멈추지 않는다.

"속이 타지만, 어쩔 수 없지. 창조신님의 명을 어길 수도 없으니까."

그 사실에 아그니는 다시 풀썩 어깨를 떨어뜨렸다.

"어째서 나는 남겨두지 않은 걸까……. 맥주, 꽤 많았는데…………."

상자째 구입한 맥주도 포함해, 아그니에게 바쳐졌던 맥주는 상당히 많았다.

그런데 하나도 남기지 않고 다 마셔버리고 말았다.

"맛있어서 어쩔 수 없었다고는 해도, 조금은 남겨둘 걸 그랬어……."

그 한마디밖에 할 말이 없었다.

"이렇게 된 이상 어쩔 수 없지. 한 달 동안 미지근한 에일로 버틸 수밖에."

그리 생각하면서도 맥주에 대한 갈망을 멈추지 못하는 아그니였다.

"이세계 술은 맛있으니 어쩔 수 없지."

그리 말하며 손 근처에 있던 잔에 담긴 일본 술을 쭉 들이켜는 데미우르고스.

"으음, 맛있군."

이어서 마음에 드는 통조림 안주를 휙 입 안으로 던져넣었다.

"후웃후웃후웃. 이세계의 술, 맥주에 사로잡힌 아그니에게는 효과가 발군인 벌이로군. 어디, 다음은 루사루카인가. 어찌하고 있으려나?"

◇ ◇ ◇ ◇ ◇ ◇

물의 여신 루사루카의 궁——.

이곳만은 평소와 다름없이 평상 운행이었다.

"······아이스크림 먹어야지."

루사루카는 신 사양 시간 정지 아이템 박스에서 마음에 드는 바닐라 맛 컵 아이스크림을 꺼냈다.

최근 저녁 식사 후의 즐거움이다.

"후후······."

눈처럼 하얀 아이스크림을 숟가락으로 떠서 입 안으로.

차가운 아이스크림이 입안에서 스르륵 녹았다.

농후하고 깊이 있는 우유 맛.

질리지 않는 절묘한 단맛에, 바닐라 향이 부드럽게 코를 스쳐 지나갔다.

"역시 이건 맛있어."

루사루카는 바닐라 아이스크림을 천천히 맛보았다.

"맛있었어."

비어버린 바닐라 아이스크림 컵을 테이블 위에 내려놓았다.

"으음, 조금 더 먹고 싶어······."

그렇게 중얼거린 루사루카는 아이템 박스에서 낱개 포장된 바움쿠헨을 꺼냈다.

여유롭게 포장을 뜯고 바움쿠헨을 우물우물 먹는 루사루카.

"이것도 맛있어."

루사루카는 촉촉하고 달콤한 바움쿠헨을 마음껏 만끽했다.

"맛있었어. 내일도 과자 먹을 거야."

그렇게 말하며 아이템 박스에 있는 과자들을 떠올리고서 웃음을 지었다.

한 달의 근신도 전혀 개의치 않았다.

"다 먹어버리지 않은 나, 장해."

루사루카, 자화자찬.

루사루카는 무코다에게 받은 대량의 과자를 닌릴처럼 다 먹지 않고 아이템 박스에 보존해두고 조금씩 맛보았다.

그 덕분에 조금씩 즐기면 어찌어찌 한 달은 버틸 수 있는 과자가 아직 남아 있었던 것이다.

"모두에게는 비밀. 특히 닌릴에게는 절대 절대 들키면 안 돼."

루사루카가 그렇게 생각하는 것도 당연했다.

닌릴에게 이세계의 단것이 있다는 사실을 닌릴에게 들키면, 돌격해 올 가능성이 높았다.

아니, 반드시 올 것이 분명하다.

그렇게 되면 가까스로 한 달분이 남아 있던 과자도 닌릴이 금세 다 먹어치울 거다.

"닌릴한테는 안 줄 거야. 내가 받은 거니까, 내가 먹을 거야."

루사루카는 그리 말하며 내일은 무얼 먹을까 하고, 남은 과자를 떠올리면서 즐거운 고민에 잠겼다.

"똑같이 과자를 좋아해도, 닌릴과는 크게 다르군. 루사루카는 어리지만 제일 야무져. 벌이 벌이 아니게 된 건 좀 그렇지만……."

어찌할까 생각하는 데미우르고스.

"이전에 받은 것은 루사루카 자신의 것이니, 그건 어쩔 수 없지."

의외로 루사루카는 요령이 좋았다.

"다음은 헤파이스토스인가."

대장장이 신 헤파이스토스의 궁——.

평소라면 헤파이스토스의 커다란 목소리가 울려 퍼질 궁이 잠잠했다.

탕.

비어버린 목제 컵이 테이블 위에 놓였다.

"크으……, 하아~."

헤파이스토스는 미지근한 에일을 벌컥벌컥 들이켠 다음 깊은 한숨을 내쉬었다.

"위스키를 맛본 지금은 에일 같은 약한 술로는 만족할 수 없구먼."

비할 데 없는 애주가인 헤파이스토스.

한 달간의 근신으로 위스키는 마실 수 없지만, 그렇다고 해서 술을 끊는다는 것은 생각할 수도 없는 일이었다.

위스키 대신에 이 세계의 술을 마셨지만, 더할 나위 없이 맛있는 이세계의 술인 위스키를 맛본 이상은 만족할 수 있을 리 없었다.

"한 달 동안 근신이라…………. 그 이세계인에게 그렇게까지 말도 안 되는 요구를 하진 않았는데 말이지."

헤파이스토스는 그렇게 혼잣말을 했지만, 그럴 리 없었다.

술이 관련되면 폭주하는 경향이 있다는 사실을 자각해주었으면 한다.

무엇보다 애주가 콤비는 위스키를 고르는 데 여념이 없었던지라, 무코다로서는 가장 힘이 드는 상대였던 것이다.

"한동안 위스키를 맛보지 못하는 건가. 괴롭구먼……."

완전히 위스키에 매료된 헤파이스토스.

위스키는 도수가 강하면서, 하나하나가 개성 있는 향과 맛인 것도 큰 매력이었다.

"조금 남겨두었다면 좋았을 테지만, 우리에게는 무리한 이야기지."

최근 들어 헤파이스토스의 가장 큰 즐거움은 본인과 마찬가지로 애주가인 전쟁의 신 바하근과 밤새도록 술을 마시는 것이었다.

무코다에게 헌상받은 이런저런 위스키들을 마시며 이 위스키는 이렇다 저 위스키는 저렇다 하고 서로 이야기를 나누었다.

헤파이스토스도 바하근도 누구 못지않은 애주가이고, 게다가 이세계 술 중에서는 위스키가 가장 마음에 든다고 하는 점도 잘 맞았다.

맛있는 술을 마시면서 나누는 대화는 끝날 줄을 몰랐다.

"위스키를 마시면서 하던 술 이야기는 참으로 즐거웠지…………. 그러고 보니, 창조신님에게 몰수당한 세계 제일의 위스키 12년 산, 그건 어떤 맛이었을꼬?"

헤파이스토스도 바하근도 마음에 들어 몇 번이고 마셨던 세계 제일의 위스키 맛을 떠올려보았다.

그 12년산은 늘 마시던 것보다 가격이 비쌌다.

그 정도의 가치가 있다는 것은, 늘 마시던 것보다 더욱 맛있다는 뜻이리라.

꿀꺽——.

그 맛을 상상하고, 헤파이스토스는 무심코 군침을 삼켰다.

"하아~ 위스키를 마시고 싶구먼."

그런 생각을 한들, 위스키가 남아 있을 리도 없었다.

"에일도 질렸어. 어쩔 수 없지. 미드(벌꿀 술)라도 마실까……."

미드를 잔에 따라 벌컥 들이켰다.

"……들척지근하군."

에일도 미드도 위스키를 알기 전에는 아무렇지 않게 마시던 술이었다.

하지만 위스키라는 훌륭한 술맛을 안 지금 헤파이스토스에게 있어 에일은 밍밍한 술, 미드는 들척지근한 술로만 느껴졌다.

"얼른 또 위스키를 마시고 싶구먼……."

"헤파이스토스, 마찬가지로 애주가인 바하근과 함께 술에는 둘째가라면 서러운 열의를 쏟고 있다는 건 알고 있다네. 그런 자네들이 이세계의 술을 알고 얌전히 있을 거라고는 생각할 수 없지."

이세계 술은 맛있다.

애주가라면 그 마음도 이해하지 못할 것은 없었다.

그러나…….

"이세계 술에 푹 빠져 이래저래 남들보다 무코다의 시간을 더 빼앗을 게 눈에 선하군. 그 부분도 반성해주면 좋겠는데. 마지막은 애주가 콤비 중 한쪽인 바하근인가."

◇ ◇ ◇ ◇ ◇

전쟁의 신 바하근의 궁──.

조용하던 바하근의 궁에 기분 나쁜 소리가 울려 퍼졌다.

"더럽게 달기만 한 술이네!"

미드가 담긴 잔을 들이켠 후, 기분 나쁜 듯이 미간을 찌푸리면서 바하근은 투덜거렸다.

연거푸 마신 에일에 질려서 미드로 바꾼 참이었다.

"역시 위스키야……. 그 술을 이길 만한 건 없다니까."

바하근도 헤파이스토스와 마찬가지로 이세계 술 위스키를 맛본 지금에 와서는 에일이나 미드로는 만족할 수 있을 리 없었다.

"한 달인가……. 창조신님 뜻을 거스르겠다는 건 아니지만, 한 달 근신은 너무 길단 말이지."

한 달 근신 처분에 바하근은 조금 불만을 느꼈다.

"그게, 그렇게 무리한 요구 같은 건 하지 않았었다고. 가호도 내려줬고. 게다가 상당히 보기 힘든 스킬도 달아줬고."

분명 그 말은 사실이지만, 무코다가 바라서 그리된 것인지 어떤지는 별개였다.

"뭐, 창조신님이 그렇게 말씀하셨으니 뒤집을 방법도 없고, 한 달은 참을 수밖에 없겠지. 한 달인가…………."

그 시간 동안 위스키는 전혀 마실 수 없다는 뜻이다.

"위스키, 마시고 싶다……."

지금까지 마셔본 적 없었던 센 도수에, 각각의 개성이 있는 맛과 향.

산지와 만드는 사람에 따라 전혀 달라지는 그 개성에 푹 빠졌다.

위스키는 애주가인 바하근에게 새로운 세계를 보여주었다.

"또 대장장이 신과 함께 밤새도록 마시고 싶다고. 그건 정말 즐거웠는데……."

헤파이스토스와 밤새워 술을 마시던 날들을 떠올렸다.

위스키를 두고 이야기꽃을 피우며, 다음에는 이걸 부탁하자 아니 저걸 부탁하자 하고 서로 이야기를 나누었다.

그게 생각보다 훨씬 재미있었다.

"아아, 젠장. 그때도 세계 제일의 위스키 12년산을 마시면서 술 이야기를 할 셈이었는데. 그건 분명 맛있는 술일 거라고. 그게, 언제나 우리가 마시던 것보다 좋은 거였으니까."

창조신님에게 몰수당한 세계 제일의 위스키 12년산을 떠올렸다.

"대체 어떤 맛일까?"

마실 수 없다는 걸 알면서도 상상하지 않을 수 없었다.

"아아아아아, 위스키 마시고 싶어──!"

바하근의 마음속 외침이었다.

"바하근, 자네는 헤파이스토스와 함께 무코다의 시간을 너무 많이 빼앗았을 테지."

이세계 술 위스키에 상당히 푹 빠졌다는 사실을 알 수 있었다.

"바하근도 그렇고, 헤파이스토스도 그렇고. 애주가의 집념이 느껴지는군. 이 한 달 동안 반성하고 차분해진다면 좋겠네만."

데미우르고스는 손에 든 일본 술을 꿀꺽 마시고 한숨을 내쉬었다.

"모두 한 달 동안의 근신은 어느 정도 참아내고 있는 모양이야. 이세계의 물건을 포기한다고 하는 선택지는 없어 보이지만. 뭐, 그 부분은 무코다와 상담할 필요가 있겠어. 그 녀석도 마음 좋은 녀석인 것 같으니, 신들과의 교류를 단번에 끊어내는 일은 하지 않을 테고, 그럴 마음도 없어 보였으니 말이지. 지금까지처럼 일주일에 한 번은 안 될 테지만, 아무튼 그 부분은 이 녀석들의 근신이 풀릴 즈음에 무코다와 이야기하기로 해볼까."

열린 문 사이로 눈에 익은 거리가 보였다.

"카레리나다…….. 좋아, 서둘러 도시 안으로 들어가자."

『그래.』

『알았어.』

나를 등에 태운 페르가 카레리나를 향해 달려갔다.

드라 짱이 그 옆을 나란히 날았다.

참고로 스이는 늘 그렇듯 가죽 가방 안에서 푹 자고 있다.

오랜만에 페르의 모습을 본 문지기도 조금 놀랐지만, 함께 있는 내 모습을 보고 "아아" 싶었는지 별문제는 없었다.

드라 짱(소형 드래곤)에 관해서도 내가 금색 번쩍번쩍한 S랭크 길드 카드를 보여주었더니 간단히 통과시켜 주었다.

역시 금색 번쩍이는 S랭크 길드 카드의 위력은 얕볼 수 없네.

도시 안으로 들어와 익숙한 길을 걷고 있으려니 어쩐지 "돌아왔다" 하는 감정이 솟구쳤다.

이 나라에 와서 처음으로 머물렀던 도시고, 체재 기간도 길었기 때문일까?

역시 추억이 있는 도시이기는 했다.

"우선은 모험가 길드에 인사하러 갈까."

나와 페르와 스이에게는 오랜만인, 드라 짱에게는 처음인 카레리나의 모험가 길드로 향했다.

◇ ◇ ◇ ◇ ◇ ◇

모험가 길드에 도착하자 우리를 기억하고 있던 접수처 직원이 허둥지둥 어딘가로 향하는 것이 보였다.

어쩐지 조금 웃음이 났다.

그렇게 서두르지 않아도 괜찮은데.

그리고 곧장 눈에 익은 근육 울퉁불퉁 우락부락하고 건강한 영감님이 나타났다.

이곳 카레리나 모험가 길드의 길드 마스터, 빌렘 씨다.

"오오, 오랜만일세!"

"오랜만입니다."

"자네, S랭크가 되었다지?"

"네. 덕분에요. 그리고, 새 사역마도 생겼습니다. 드라 짱, 이리 와."

그렇게 말하자 어째선지 드라 짱이 내 뒤통수에 딱 달라붙었다.

드라 짱, 머리에 발톱이 박혀서 아픈데요.

"저기, 새 사역마인 픽시 드래곤입니다……."

"하핫, 결국 드래곤까지 사역마로 삼은 건가!"

"픽시 드래곤이라는 희귀한 종류로, 이 크기가 성체입니다."

"으하핫, 희귀하다라. 나로서는 사역마를 세 마리나 데리고 있는 자네 쪽이 희귀해 보이네만."

듣고 보니 그러네.

확실히 테이머 자체가 적은 데다, 세 마리나 데리고 다니는 모험가는 달리 본 적이 없어.

"이 도시에 있는 동안은 또 이것저것 부탁하겠네. 잘 부탁하네."

"네. 한동안은 이곳에 머물 예정이니까요. 오늘은 일단 인사를 드리러 왔습니다."

그렇지. 온 김에 해체를 부탁하기로 할까.

물론 고기 이외의 부분은 팔 생각이다.

직접 해체할 수 있게 되었다고는 해도 커다란 건 무리이고, 고작해야 한 마리나 두 마리니까.

역시 본직인 사람과는 비교가 안 된다.

우리는 고기 소비량이 어마어마하니, 부탁할 수 있을 때 부탁해두는 편이 좋겠지.

"그리고, 매입을 좀 부탁드리고 싶은데요."

"오오, 그런가. 자네가 가져오는 건 좋은 것들뿐이니, 우리로서도 고맙지. 바로 창고로 가세. 창고로."

그렇게 말하며 척척 나아가는 길드 마스터.

우리도 그 뒤를 따라 창고로 향했다.

"여어, 요한. 오랜만에 보는 얼굴일세."

창고에 도착해 길드 마스터가 말을 걸자 익숙한 우락부락한 대머리 아저씨가 안쪽에서 나왔다.

"오오, 형씨 아냐! 오랜만이야. 여기에 왔다는 건, 매매겠지? 형씨가 가져오는 건 좀처럼 보기 힘든 것들뿐이라 손이 근질근질해지거든. 어디 꺼내봐."

"아니, 지금은 그렇게 대단한 건 없는데요."

드랭에서 사냥한 마물을 드랭에서는 절반 정도밖에 팔지 못했거든. 그래서 남은 건 여기에서 부탁할까 생각한 것뿐이라고.

"어디 보자……."

드랭에서 사냥한 마물 중 남은 것들을 아이템 박스에서 차례차례 꺼냈다.

와이번×8, 와일드 바이슨×3, 골든 시프×3, 자이언트 혼 보아×1, 록 버드×2, 블루 불×10, 자이언트 터키×3.

경트럭 크기의 자이언트 혼 보아는 고기를 많이 확보할 수 있을 듯하니 이번 기회에 부탁했다.

그리고 블루 불은 아무래도 수가 너무 많았기 때문에 열 마리만 부탁하기로 했다.

"와이번인가. 게다가 골든 시프에 자이언트 혼 보아까지 있잖아. 역시 형씨야."

내가 꺼낸 마물을 보고 요한 아저씨가 놀라며 목소리를 높였다.

요한 아저씨의 말에 따르면 골든 시프와 자이언트 혼 보아는 지난 몇 년 동안 카레리나의 길드에 매물로 나온 적이 없어 전혀 보지 못했다고 한다.

"나도 오랜만에 봤네. 역시 자네가 가져오는 건 좋은 게 많아."

길드 마스터도 오랜만의 마물에 만족스러워 보였다.

어라? 혹시 아직 여유가 있는 거야?

"저기, 좀 더 부탁드려도 괜찮을까요?"

"응? 그럼, 괜찮고말고. 자네 덕분에 우리도 조금은 자금에 여유가 생겼거든."

그리 말하며 싱글벙글한 미소를 띠는 길드 마스터.

호오~ 그렇구나.

그렇다면 전에 여기서 꺼냈다가 자금이 없다며 매입을 거절당했던 키마이라랑 오르트로스를 꺼내기로 할까.

"그렇다면, 전에 꺼냈던 이거. 괜찮을까요?"

전에도 두 사람에게 내보였던 키마이라와 오르트로스를 아이템 박스에서 꺼냈다.

"거기에, 이겁니다."

거기에 더해 꺼낸 것은, 이것 또한 남아 있던 딤 그레이 라이노였다.

"".............""

길드 마스터도 요한 아저씨도 아무런 반응이 없었다.

"저기……."

"크읏, 그렇게 나오는 건가. 전에 꺼냈었던 키마이라와 오르트로스로군. 게다가 딤 그레이 라이노라고? 또 보기도 힘든 걸 이렇게."

"아아. 전에 페르들이……."

그 말만으로도 두 사람에게는 의미가 전해졌다.

"요한, 어떤가?"

"딤 그레이 라이노는 보기 드물지만, 전에도 해체해본 적이 있어서 특별히 문제는 없습니다. 키마이라와 오르트로스는 아무래도 경험이 없습니다만, 못할 건 없다고 봅니다."

요한 아저씨도 키마이라와 오르트로스를 보는 건 두 번째인지라 전보다 침착했다.

　길드 마스터는 요한 아저씨의 대답을 듣고서 잠시 생각에 잠겼다.

　"그래. 딤 그레이 라이노는 매입하겠네. 하지만 키마이라와 오르트로스 양쪽 다는 무리일세."

　"양쪽 다는 무리라는 건, 어느 한쪽만이라면 가능하다는 건가요?"

　"그래. 어느 한쪽이라면 매입할 수 있네. 자네 덕분에 우리도 상당히 윤택해졌으니 말일세. 그 흐름대로, 또 한몫 벌게 해주게나."

　키마이라나 오르트로스 중 하나라.

　양쪽 다 아이템 박스에 방치되어 있던 마물이니, 이번 기회에 어느 쪽이든 처리할 수 있으면 감사하지.

　쭉 그대로 두었다간, 솔직히 있는 것도 잊어버릴 것 같으니까.

　그럼, 어느 쪽을 팔기로 할까?

　『키마이라다.』

　어느 쪽으로 할까 생각하고 있으려니 페르의 목소리가 들렸다.

　"키마이라?"

　『그래. 고기를 먹을 수 있으니 말이다.』

　아~ 페르가 그런 말을 했었지.

　그런데 이 생김새를 보면, 키마이라는 정말로 먹을 수 있는 거 맞아?

　키마이라의 무시무시한 생김새를 보고 있자니 걱정이 되었다.

　"저기, 키마이라는 먹을 수 있나요?"

　"아니, 나는 그런 이야기는 들어본 적 없다네. 요한은 어떤가?"

　"저도 들어본 적 없습니다……."

길드 마스터도 요한 아저씨도 키마이라 고기를 먹을 수 있다는 말은 들어본 적이 없다고 한다.

으음~ 에이블링에서 먹었던 자라의 예(이쪽 세계 사람은 먹을 수 있는 거라 생각하지 못했다)도 있으니 말이지…….

이럴 때는 몰래 감정이다.

【키마이라】
S랭크 마물. 식용 가능. 극상의 살코기로 구워도 쪄도 맛있다.

…………키마이라, 먹을 수 있구나.

극상의 살코기래.

저런 모습의 마물인데, 알 수가 없는 일이네.

일단 먹을 수 있다는 걸 알았으니, 키마이라 쪽을 매입해달라고 부탁했다.

물론 고기는 전부 돌려달라는 말도 잊지 않았다.

"그럼, 부탁드리겠습니다."

"그래. 그렇지, 나흘 후에 가지러 와주게. 매입 대금도 그때까지는 준비해두겠네."

길드 마스터와 요한 아저씨에게 작별 인사를 하고, 모험가 길드를 뒤로했다.

그럼, 다음은 람베르트 씨를 찾아가야지.

분명 이제 슬슬 비누와 샴푸 등의 이야기도 나올 때가 되었으니까.

게다가, 개인적으로 좀 상담하고 싶은 것도 있거든.

◇ ◇ ◇ ◇ ◇

"마리 씨, 오랜만입니다."

람베르트 씨의 가게 앞으로 가자 람베르트 씨의 아내인 마리 씨가 가게에 나와 있었다.

"어머, 무코다 님! 오랜만이에요. 카레리나로 돌아오셨군요."

"네, 오랜만에 돌아왔습니다. 비누랑 샴푸, 잘 팔리나 보네요."

비누와 샴푸가 놓여 있는 가게 한쪽에 여성들이 몰려 있었다.

"덕분에 매일 이렇게 성황이랍니다. 다만 수에 제한이 있어서, 사재기를 막기 위해서 종류별로 한 사람당 하나씩이라는 제한을 두고 있는 게 미안하긴 하지만요……."

아아~ 역시 그렇구나.

이제 슬슬 재고가 아슬아슬하지 않을까 싶었어.

베를레앙에서 물건을 보낸 후 처음이니까.

"그 점에 관해서도 람베르트 씨와 상담하고 싶은 게 있는데, 계신가요?"

"잠시만 기다려주세요."

마리 씨가 잔심부름하는 소년에게 람베르트 씨를 불러오라고 하자, 금세 람베르트 씨가 가게 안쪽에서 모습을 드러냈다.

"무코다 씨, 오랜만에 뵙습니다."

"오랜만입니다, 람베르트 씨."

"주문해주셨던 망토는 지금 마지막 마무리 단계에 들어갔습니다만, 훌륭하게 완성되었답니다!"

"오오, 그거 기대되네요~."

"앞으로 20일 정도 걸릴 거라고 봅니다만."

"물론 괜찮습니다."

약속 기한보다 상당히 일찍 와버렸으니까.

"이야기 나눌 것도 있으니, 안쪽으로 가시죠."

람베르트 씨에게 가게 안쪽 방으로 안내를 받았다.

비누와 샴푸 등의 거래 이야기도 해야 하니 마리 씨도 함께다.

◇ ◇ ◇ ◇ ◇

"서두르는 것 같아 죄송합니다만, 거래 이야기를 먼저 해도 괜찮겠습니까? 마리가 안절부절못하고 있어서요. 하하하."

"어머, 당신도 참. 하지만, 비누도 샴푸도 무코다 님께 구입한 물건은 전부 인기라 재고가 얼마 없답니다. 품절이 되었다간, 모처럼 사러 와준 손님들께 면목이 없을 거예요."

······뭐랄까, 변함없이 사이좋은 부부네.

너무 그렇게 티를 내면 내 생명력이 깎이거든요.

"무코다 씨도 돌아오셨으니, 조만간 꼭 좀 물건을 받고 싶어요. 가능하면······."

마리 씨의 이야기에 따르면 가능한 한 서둘러 베를레앙에서 거래했던 정도의 양을 다시 구입하고 싶다고 했다.

그 정도의 양이면 사재기는 안 돼도 지금의 종류별로 한 사람당 하나라는 제한은 해제할 수 있다는 모양이었다.

베를레앙에서 거래했던 양이라…….

단지와 나무 상자 등에 바꿔 담는 게 큰일이란 말이지.

가능한 한 서둘러 달라는 점은 이해가 되지만, 내일 하루 정도는 시간이 있었으면 좋겠다.

마리 씨에게는 모레 점심 전에 전달하는 것으로 승낙을 받았다.

이야기가 정리되자 마리 씨는 가게 쪽이 신경 쓰인다며 서둘러 가게로 돌아갔다.

"죄송합니다. 마리도 지금 일이 즐거운 모양이라서요."

"여성이 일하는 건 좋은 일이죠."

"그렇습니다. 마리도 매일 즐거워 보여서 저도 기쁘기 그지없습니다. ……그래서, 무코다 씨는 제게 뭔가 상담할 게 있으시다고요?"

"네. 실은…………."

나는 얼마 전부터 생각하던 일을 람베르트 씨에게 이야기했다.

내가 하던 생각이란 바로 집을 갖고 싶다는 것이었다.

여행하는 곳에서 집을 한 채 빌리게 된 후로 역시 집이 있으면 좋겠다는 생각이 들었다.

넓어서 페르들도 마음 편히 지낼 수 있고, 나로서도 신경을 쓰지 않아도 되어 좋았다.

주방과 욕실 같은 설비가 갖춰진 것도 좋았다.

물론 그건 내가 빌렸던 것이 호화로운 저택이었기 때문이지만,

지금이라면 페르들 덕분에 돈도 상당히 모였으니까.

호화로운 저택이라고 해도 충분히 살 수 있을 것 같다.

게다가 무엇보다, 돌아올 집이 있다는 건 좋은 일이다.

앞으로도 물론 여행을 떠나리라 생각하지만, 돌아올 집이 있는 것과 없는 것은 마음가짐이 다를 듯했다.

그래서 집을 가진다면 어디가 좋을까 생각했을 때, 여기 카레리나가 가장 먼저 떠올랐다.

드랭도 생각하지 않은 것은 아니지만, 드랭에 집을 구하면 엘랑드 씨가 눌러앉을 것 같아서 각하했다. 드라 짱이 곤란할 테니까.

그런고로 집을 산다면 역시 카레리나라는 결론이 되었다.

"호오~ 이 도시에 집을 구하시겠다니. 그거 좋군요!"

"이곳에는, 감사하게도 이렇게 이것저것 상담할 수 있는 람베르트 씨도 계시니까요."

"그렇게 말씀해주시니 기쁘군요."

"그래서, 상담을 부탁드리고 싶은 건 이 도시에서 집을 산다고 한다면, 역시 상인 길드로 가는 게 제일일까요?"

"그렇군요. 어떤 집을 원하는가에 따라 다르겠습니다만, 역시 상인 길드를 중간에 두는 게 무난하리라고 봅니다. 그래서, 무코다 씨는 어떤 집을 원하시는지?"

산다고 하면 역시 지금까지 빌렸던 저택 정도 되는 크기의 집이 좋다.

페르가 여유롭게 드나들 수 있고, 방 크기도 크고, 거기에 더해 주방과 욕실 같은 설비가 충실하고, 가능하면 정원도 넓은 편이.

그런 집을 원한다고 람베르트 씨에게 설명하자, 람베르트 씨가 통 무릎을 쳤다.

"무코다 씨에게 딱 맞는 집이 있습니다! 게다가 가구류도 그대로라 당장에라도 들어가 살 수 있죠!"

그 집은 원래 고위 귀족의 별장이었는데, 도시 중심가는 아니지만 지나치게 떨어져 있는 것도 아니라 장보기 등을 하기에도 편리한 위치에 부지도 넓다고 한다.

저택 자체도 크며, 무려 방에 열네 개라고 한다.

거기에 더해 그 열네 개 방이 있는 안채 외에 사용인 전용인 작은 집이 세 채나 지어져 있다고 한다.

"어떤 사정으로 팔게 되었고, 상인 길드에서 취급한다고 들었습니다. 하지만 그 정도의 물건이니 말이죠. 매매가가 상당해서 좀처럼 살 사람이 나서지 않는다더군요."

람베르트 씨도 상인 길드에서 누구 좋은 사람이 있으면 꼭 좀 소개해달라는 말을 들었다고 한다.

"무코다 씨가 S랭크 모험가가 되었다고 들은지라, 괜찮지 않을까 싶었습니다만."

오, 역시 알고 있었던 거야? 하지만, 상당한 액수라는 게 어느 정도일까?

내가 가진 돈으로 살 수 있다면 일단 한번 보는 것도 괜찮을 것 같은데.

"그래서, 얼마인가요?"

"금화 1만2천 닢입니다. 그렇게만 들으면 비싸다고 여겨질지 모르겠습니다만, 입지와 부지의 넓이, 그리고 그 저택을 생각하면 오히려 싼 거죠. 게다가 가구가 구비되어 있는 만큼 이득이죠."

금화 1만2천 닢이라.

비싸기는 하지만, 사지 못할 건 없겠는걸. 아니, 여유로 살 수 있지.

람베르트 씨가 득이라고 할 정도의 물건이니, 한번 보고 생각하는 것도 좋을지 모르겠다.

"으음. 살지 말지는 모르겠지만, 보는 건 가능하겠죠?"

"그렇습니까? 그렇다면 상인 길드 사람에게 연결해드릴 테니 바로 가시죠."

조금 분위기에 휩쓸린 느낌은 들지만, 나로서도 산다면 빠른 편이 좋으니 람베르트 씨를 따라 상인 길드로 향했다.

◇ ◇ ◇ ◇ ◇

람베르트 씨의 소개로 상인 길드의 부동산 부문을 통괄하는 네스트리 씨와 이야기를 나누고 바로 물건을 보러 가기로 했다.

상인 길드에서 도보로 약 20분.

"이쪽입니다."

"⋯⋯⋯⋯네? 여, 여기인가요?"

네스트리 씨의 앞에는 상당히 화려한 문이 있었다.

게다가 그 문 양쪽으로는 2미터는 되어 보이는 높은 석벽이 이어져 있었다.

"자자, 들어가시죠."

열쇠로 문을 연 네스트리 씨에게 재촉을 받으며 안으로 들어갔다.

아름다운 녹음에 둘러싸인 석조 길을 잠시 나아가자, 드디어 저택이 보였다.

"어떠십니까? 훌륭한 저택이죠?"

저택을 보고 무심코 입을 떡 벌리고 말았다.

아니, 훌륭이고 뭐고…………. 이, 이거, 개인이 소유할 집이 아니잖아요.

언젠가 보았던 여행 잡지의 특집 기사를 떠올렸다.

『평생에 한 번은 경험해보고 싶은 럭셔리 한 공간』.

그런 문구로 소개되었던, 일본 돈으로 1박에 수십만 엔은 하는 외국의 은둔처 같은 느낌의 고급 호텔. 그것과 똑같았다.

성이라고 해도 과언이 아닌 새하얀 호화 저택을 눈앞에 두니 말도 나오지 않았다.

"언제 봐도 훌륭하다니까요~."

람베르트 씨, 느긋하게 훌륭하다느니 하는 말 하지 마세요.

아니, 확실히 훌륭하지.

훌륭하지만, 어째서 일개 모험가인 나한테 이런 어마어마한 물건을 소개해주는 거냐고?

완전히 여행 도중에 빌렸던 저택과 비슷한 걸 상상했었는데.

물론 그 정도도 나로서는 호화로운 저택이고, 그런 저택을 가진다는 건 매우 호사스러운 일이거든.

하지만 눈앞의 하얀 호화 저택은, 여행 도중에 빌렸던 저택에

비할 바가 아니었다.

크기부터도 달랐다. 고가라고 하는 판유리를 쓴 창이 몇 개나 있었다.

"정원도 보십시오. 널따란 데다 녹음도 풍부하답니다."

네스트리 씨의 말대로 잘 손질된 널찍하고 푸른 잔디가 깔린 뜰과 그것을 둘러싸듯 다양한 나무가 자라고 있었다.

『그래. 인간 집치고는 그럭저럭 넓은 정원이구나.』

『응응. 나무도 꽤 많고, 좋은데?』

『와아.』

"앗, 이 녀석들! 페르, 드라 짱, 스이!"

정원 안을 페르가 뛰어다니고, 드라 짱이 날아다니고, 스이가 뽕뽕 점프하고 있었다.

아아, 페르가 뛰어다닌 자리에 잔디가 패인 부분이 있잖아.

일단 모두에게 미리 염화로 집을 살 거라고 설명은 해두었지만, 여기로 정했다고는 한마디도 안 했는데.

"하하핫, 무코다 씨의 사역마는 여기가 마음에 든 모양입니다."

"그러게요~."

람베르트 씨도 네스트리 씨도 남 일이라고 생각하고 있군.

아직 산다고 정한 건 아니거든요.

『페르, 드라 짱, 스이. 이 집을 산다고 정한 게 아니니까 얌전히 있어.』

『음? 여기면 충분하지 않으냐? 나는 꽤 마음에 들었다.』

『나도 마음에 들었어.』

『스이도 여기가 좋아~.』

우으으. 혹시 다들 고급을 좋아하는 거야?

"자, 이제 집 안을 안내하겠습니다."

네스트리 씨가 새하얀 호화 저택의 커다란 쌍여닫이문을 열었다.

한바탕 정원을 둘러보고 만족한 페르들과 함께 안으로 들어갔다.

이 공간만 해도 평범하게 집을 세울 수 있지 않을까 싶은 넓은 엔트런스.

여기에는 덩치 큰 페르라도 여유롭게 올라갈 수 있을 법한 나선 계단이 있었고, 2층으로 이어져 있었다.

"넓지요? 그리고 위를 봐주십시오."

네스트리 씨의 말대로 위를 올려다보자 커다란 샹들리에가 매달려 있었다.

"크리스털 비틀을 사용한 샹들리에랍니다. 이것만큼 큰 건 좀처럼 보기 어렵죠. 물론 빛의 마석도 안에 들어가 있어서, 이렇게 여기에 마력을 흘려보내면……."

네스트리 씨가 문 옆쪽 벽에 있던 손바닥만 한 거무스름한 판에 마력을 흘려보내자 샹들리에가 옅은 빛을 발했다.

"이 마석도 상당히 좋은 걸 써서 십 년 정도는 갈 겁니다."

뭐, 뭐야, 여기는…….

너무나도 호화스러운 엔트런스만으로도 이미 충분한 듯한 기분인데요.

"다음은 이쪽입니다."

……………….

………….

…….

네스트리 씨, 겨우 1층을 안내받았을 뿐인데 솔직히 정신력이 다했습니다.

잘은 모르겠지만 복도에는 아주 가치가 있어 보이는 그림이라든가 도자기 같은 게 장식되어 있고, 각 방에는 보기만 해도 고급이라는 것을 알 수 있는 모가 길고 푹신푹신한 융단이 아낌없이 깔려 있다고.

게다가 주방은 또 어찌나 넓은지…….

내가 가진 4구 마도 버너와 비슷한 게 두 개나 설치되어 있잖아.

람베르트 씨가 그대로 바로 살 수 있다고 한 말에는 거짓이 없었다. 비싸 보이는 식기까지 쫙 갖춰져 있었으니까.

게다가 욕실과 욕조가 또 대단했다.

여행 도중에 빌렸던 저택의 욕조도 넓다고 생각했는데, 그 생각이 사라질 만큼 커다란 욕조였다.

게다가 꽃무늬가 들어간 비싼 거였다.

마석을 쓴 수도꼭지도 있었는데, 거기서 적당한 온도의 물이 콸콸 나왔다.

그리고 화장실이다. 화장실!

지금까지는 옛날식밖에 없었다고.

여행 도중이 빌렸던 호화로운 저택도 그랬던지라, 이 세계는 이것밖에 없구나 생각했었는데.

그런데, 이 집 화장실은 무려 물 마석을 이용한 수세식이라고.

네스트리 씨의 말에 따르면 왕도에서 유행하는 최신식 화장실이라고 한다.

카레리나에도 이 최신식 화장실이 있는 곳은 얼마 안 된단다.

욕조와 수세식 화장실에는 몹시 마음이 갔지만, 이 집은 지나칠 만큼 호화로워서 왠지 주눅이 든다.

"그럼 2층을 안내하겠습니다."

"저도 이번에 처음으로 안을 보았습니다만, 한숨이 나올 만큼 호사스럽게 지어져 있군요~."

람베르트 씨, 당신 완전히 구경하러 왔던 것 같잖아!

"우선 이쪽으로 오시죠."

네스트리 씨가 안내한 곳은 메인 침실이었다.

"여기서 가장 추천하는 것은 바로 이 커다란 침대입니다."

대체 몇 명이 자라는 거냐! 하고 말하고 싶어질 만큼 너무나도 커다란 침대였다.

『호오, 이건 아주 편해 보이는 잠자리잖아.』

그렇게 말하며 드라 짱이 침대로 뛰어들었다.

"앗, 드라 짱! 무슨 짓이야!"

『오오, 부드러워.』

『스이도.』

드라 짱을 보고 스이도 침대로 뛰어 올라갔다.

"아앗, 스이까지."

『와아! 주인, 이거 아주아주 부드러워.』

스이가 기분 좋게 침대 위에서 뿅뿅 뛰어올랐다.

『정말이지, 드라와 스이는 무얼 하는 것이냐. 하지만, 이 집은 분명 좋구나. 나도 바닥에 깔린 이건 상당히 마음에 들었다.』

그렇게 말하며 페르가 모가 긴 융단 위에 드러누웠다.

너희들 말이야…….

"…………죄송합니다."

"아뇨 아뇨, 무코다 씨의 사역마들은 정원에 이어 저택 안도 마음에 든 모양입니다."

산다고 정한 게 아닌데.

너희들, 지나치게 자유롭잖아.

"네. 그럼 금화 1만2천 닢인 백금화 120닢, 틀림없이 받았습니다. 여기 열쇠입니다."

동그란 고리에 열쇠가 몇 개나 달려 있었다.

네스트리 씨의 설명으로는 문 열쇠와 안채 열쇠, 사용인 전용 집 열쇠 등이라고 한다.

그 하얀 호화 저택을 사고 말았다.

나로서는 여행 도중에 빌렸던 살짝 호사스러운 정도의 집이 좋았는데…….

하아~ 녀석들 때문에.

하얀 호화 저택을 사게 만든 우리 애들에게 불만을 늘어놓고 싶어진다.

네스트리 씨의 안내로 집을 보러 간 것까지는 좋았지만, 페르도 드라 짱도 스이도 여기가 좋다며 나가려고 들지를 않았다.

다른 집도 본 다음에 정하자고 말했지만, 여기가 좋다며 말을 듣지 않았다.

지금도 나만 상인 길드에 와 있다.

상당히 마음에 들었는지, 모두 움직이려 하질 않더라고.

어쩔 수 없이 하얀 호화 저택을 샀다.

"그것참, 금화 1만2천 닢을 바로 지불하시다니, S랭크 모험가는 대단하군요. 저도 무코다 씨와 지인이라는 사실에 우쭐해집니다."

람베르트 씨, 저는 이 집을 살 마음이 없었어요…….

하아, 이제 와서 말해본들 어쩔 수 없는 일이지만.

상인 길드 앞에서 람베르트 씨와 헤어진 나는 지금 막 내 집이 된 하얀 호화 저택으로 돌아갔다.

그나저나, 나랑 페르랑 드라 짱이랑 스이밖에 없는데, 방도 남아도는 그 호화 저택을 어쩌면 좋담…….

오늘은 오전에 람베르트 씨의 가게에 넘길 비누와 샴푸 등을 넣을 단지와 나무 상자를 사러 다녀왔다.

그리고 집중해서 바꿔 담기 작업에 몰두했다.

그러지 않으면 이런저런 생각이 든다고.

어쩌다 보니 기세를 타고 이 호화 저택을 사버렸는데, 문득 낭패감이 들었다.

냉정하게 생각했더니, 너무 커서 어찌하면 좋을지 모르겠다는 느낌이 들었다고.

이 넓은 저택 청소를 어떻게 해야 할까라든가, 정원도 넓고 나무도 잔뜩 있으니 관리를 해야 할 텐데라든가.

이런저런 고민을 하다 보니 사용인용 집이 세 채나 있는 것도 납득이 되었다.

이 정도의 저택이라면, 도저히까지는 아니라고 해도 사람을 쓰지 않는 한은 유지하기 어려울 테니까.

사용인용 집도 살펴보았는데, 단층집에 평범하게 살기에는 아무런 문제가 없는 느낌으로, 솔직히 나는 이쪽에서 살아도 좋을 정도였다.

그렇지만, 이 저택 전부가 내 소유가 되었으니…….

아무런 관리도 하지 않는다는 것도 내키지 않았다.

무엇보다, 그럴 거면 어째서 집을 산 거냐는 이야기가 될 테니까.

집을 산 이상은 집 관리와 비누나 샴푸 등을 바꿔 담는 작업과 람베르트 씨네 가게에 파는 일을 해줄 한두 사람을 고용하려는 생각은 했었지만, 이 저택은 한두 사람으로는 아무리 생각해도 부족할 듯했다.

아~ 옮겨 담기 작업을 하고 있어도 결국 이것저것 생각하게 되잖아.

정말이지, 그런데 저 녀석들은.

"나는 이렇게 고민하고 있는데, 페르도 드라 짱도 스이도 느긋하기만 하네……."

내 고민을 무시하고 페르들은 기운차게 넓은 정원을 뛰어다녔다.

고민을 하면서도 바꿔 담기 작업에 몰두했던지라 일은 생각보다 빠르게 진행되었다.

"아무래도 역시 사람을 고용할 수밖에 없겠어……. 생각했던 한두 사람이 아니라, 여러 명이 될 걸 각오해야겠지."

다행히 돈은 있으니, 사람을 여러 명 고용하는 것은 문제없지만, 중요한 것은…….

"사람을 고용한다면, 무엇보다도 입이 무거운 사람이어야 하는데 말이지."

비누와 샴푸 등을 옮겨 담는 작업을 부탁할 셈이 이상, 내 인터넷 슈퍼 스킬을 들킬 가능성이 크니까.

인터넷 슈퍼 스킬이 어떠한 것인지는 모른다고 해도, 항간에서 팔리고 있는 비누와 샴푸 등을 내가 가지고 있다는 사실은 틀림없이 알려지고 말리라.

그렇다면 역시 비밀을 엄수하는 입이 무거운 사람이 아니면 안 된다.

게다가 아직 여러 곳을 구경하며 여행도 하고 싶고…….

그렇게 생각하면 이 저택을 비운 동안 맡겨둘 수 있는, 신용할 수 있는 사람이 당연히 더 좋을 터다.

"신용할 수 있고 입이 무거운 사람이라……. 그런 사람을 고용하려면 어떻게 해야 하려나? 이런 걸 부탁하려면 상인 길드로 가야 하려나? 아니면 달리 직업 알선을 하는 곳이 따로 있으려나……?"

이세계의 구인 사정은 잘 모른다.

혼자서 고민해도 어쩔 수 없는 일이니, 역시 이런 건 람베르트 씨에게 묻는 게 제일이려나.

상인 람베르트 씨라면 이런 일은 잘 알고 있을 것 같으니까.

좋아, 내일 비누랑 샴푸 등을 전하러 가면서 물어봐야지.

◇ ◇ ◇ ◇ ◇

다음 날, 베를레앙 때와 같은 양을 람베르트 씨에게 전달하고, 대금을 받은 다음에 이야기를 꺼냈다.

"람베르트 씨, 실은 또 상담하고 싶은 게 있습니다만……."

집 관리와 비누와 샴푸 등을 판매하는 일을 맡기기 위해, 신용할 수 있는 입이 무거운 사람을 고용하고 싶다는 뜻을 전했다.

그러자 람베르트 씨는 곧바로 답을 해주었다.

"그렇다면 노예를 사는 게 제일이지요."

"노, 노예, 요?"

노예라는 말에 조금 겁먹었다.

분명 노예가 있다는 건 알고 있었고, 이 나라에 오는 도중에 본 적이 있었지만, 그걸 내가 산다고 하면……

"아아, 무코다 씨는 이 나라 출신이 아니었지요? 이 나라의 노예 제도는 제대로 되어 있어서 사는 쪽에도 팔리는 쪽에도 이점이 많답니다."

람베르트 씨의 이야기에 따르면 이 나라의 노예 제도는 약자 구제적인 의미도 포함하고 있어, 상당히 제대로 된 제도로 자리 잡혀 있다고 했다.

어떠한 점이 그러한가 하면, 우선 첫 번째로 등록제라는 점.

노예를 사면 어느 노예의 주인은 누구다 하고 반드시 등록된다.

그에 따라 주인이 된 자는 노예에게 최소한의 생활을 보장해야 할 의무가 생긴다.

두 번째로 계약제라는 점.

주인이 된 자와 노예 사이에 계약을 맺게 된다.

이 계약에는 노예 자신에 의한 환매 금액과 임금 설정 등의 조항도 있어 주인이 된 사람과 노예 간에 자유롭게 정할 수 있다고 한다.

보통은 이 계약을 하면서 계약 중에 알게 된 정보는 외부에 유출하지 않는다는 취지의 비밀 보호 의무 조항을 넣는다고 한다.

그것으로 주인이 되는 사람의 정보도 지킬 수 있게 되는 것이다.

이 비밀 보호 의무는 계약 종료 후에도 엄수해야만 한다고 정해져 있기 때문에 안심이라고 한다.

게다가 이 계약은 마력을 쓴 엄중한 계약으로 계약을 맺으면 노예의 오른손 엄지손가락 연결 부분에 검은 동그라미가 생기고, 위반하면 그 검은 동그라미가 오른손 전체로 퍼지기 때문에 단번에 알 수 있다고 한다.

이것뿐이라면 노예 쪽에 불리하지만, 노예 측은 주인이 계약을 위반할 경우 가까운 기사단 초소 등으로 달려가면 나중에 주인 쪽은 철저하게 조사를 받게 된다고 한다.

등록과 계약, 이 두 가지는 매우 중요하며, 주인 쪽도 노예 쪽도 위반하면 당연히 죄를 묻게 되며, 경우에 따라서는 막대한 배상금을 내야만 하게 된다.

예를 들면 노예 자신에 의한 환매와 주인의 은사 등으로 계약이 종료된 경우엔 등록도 해제되지만, 등록도 해제되지 않고 계약도 종료되지 않았는데 멋대로 도망쳐버리면 그것은 죄가 되어 벌을 받게 된다.

주인 측도 노예에게 계약에 없는 일을 시키거나, 계약으로 정한 임금을 주지 않거나 하면 당연히 죄가 되어 벌을 받는다.

이 세계의 벌은 가혹해서 사형이나 범죄 노예가 되는, 거의 두 가지 선택지밖에 없다. 이 경우에는 범죄 노예가 된다.

어느 나라나 마찬가지인 모양이지만, 범죄 노예가 되면 인권이고 뭐고 없이 혹사당하는 것이 상식이었다.

"말하자면, 노예도 계약의 일종인 거죠. 게다가 이 나라는 다른 나라들에 비해 노예의 인권이 확립되어 있고요. 범죄 노예가 될 위험을 짊어지면서까지 위반하는 자는 일단 없답니다."

과연, 확실히.

제도상으로 그렇게 확실하게 갖춰져 있다면, 보통은 위험을 무릅쓰면서까지 그걸 위반하려고는 하지 않을 테지.

"그중에서도 제 추천은 일가째로 사는 것입니다."

"일가째, 요?"

의미를 알 수 없어 람베르트 씨에게 이야기를 들어보니, 일가째라는 것은 "말 그대로 한 가족 전부"라는 의미였다.

흉작으로 먹고살기 힘들어져서 일가가 모두 노예가 된 경우나, 빚으로 가족이 모두 노예가 된 경우가 의외로 있다고 한다.

그런 노예는 가족이 뿔뿔이 흩어지는 것을 막기 위해 가족째로 사 가기를 희망한다.

그러나 파는 쪽인 노예상도 장사로 하는 일인 만큼 그 희망을 다 받아들여 줄 수도 없었다.

보통은 3개월 정도를 기한으로 가족째 내놓고, 그래도 사겠다는 사람이 나타나지 않을 때는 한 명 한 명 팔리게 된다.

"뿔뿔이 팔려나가기 전에, 일가째로 사들이면 은혜를 느끼게 되죠. 모두 바로 일을 잘해준답니다. 그야말로 이쪽이 감탄할 정도로. 게다가 저나 가게에 불이익이 생길 법한 일은 절대로 하지 않죠."

호오, 그런 부분이 있구나.

"그리고, 일가째 산 노예는 자신들을 환매한 후에도 생활의 안정을 제일로 생각하죠. 그래서 그대로 계속 일해주는 자가 대부분이랍니다."

그런 점도 있어서 람베르트 씨는 노예를 살 때 일가째 사는 일이 대부분이라고 한다.

람베르트 씨가 말하길, 일가째 산 경우엔 처음에는 조금 비싼 금액을 내야만 하게 되지만, 그 후의 일을 생각하면 싼 거라고 했다.

일가째 사들인다라, 일단 참고는 해보기로 할까.

하지만 어차피 노예를 사야 한다면, 귀여운 여자아이가 좋을지도.

아, 아니, 딱히 이상한 생각이 있거나 한 건 아니라고.

그, 그냥 나도 남자고, 함께 지내는 거라면 귀여운 여자아이가 좋지 않을까.

남자라면 그렇게 생각하는 게 당연하잖아?

"아아, 그리고 노예를 사신다면 전투를 할 수 있는 노예도 함께 사시는 편이 좋을 거라고 봅니다."

"네? 전투 가능한 노예라고요?"

"예, 실은⋯⋯."

람베르트 씨가 진지한 표정을 하고서 이야기를 꺼냈다.

"그런고로, 빈틈없이 준비해두는 편이 좋으리라 봅니다. 무코다 씨 일행이 함께라면 아무런 문제도 없을 테지만, 무코다 씨는 모험가시니, 집을 비우는 일도 많을 테지요…….”

람베르트 씨에게 들은 이야기는 조금 성가신 내용이었다.

비누와 샴푸 등의 평판을 듣고서 람베르트 씨네 가게 주변을 어슬렁거리는 자가 있다는 모양이었다.

상대가 누구인지는 대략 짐작이 가지만, 명백하게 위법한 짓을 저지른 것은 아닌지라 기사단에 신고할 수도 없어서 람베르트 씨도 대응에 곤란해하고 있다고 한다.

그 상대라는 것이, 다른 영지이기는 하지만 그다지 평판이 좋지 않은 상회라고 한다.

그 상회는 악랄한 짓도 태연하게 저질러 자수성가한 상회로, 상인 길드에서도 종종 문제가 되고 있지만, 교활해서 좀처럼 꼬리를 잡지 못하고 있다고 했다.

상인 길드에서도 그 상회는 문을 닫게만 할 수 있다면 그렇게 하고 싶다는 것이 본심이었지만, 그 결정적인 수가 될 증거도 없는 데다 아무래도 뒤를 봐주는 귀족도 있다든가 해서 애를 먹는 중인 모양이었다.

람베르트 씨도 “뭔가 수를 써 온다면 기꺼이 잡아서 기사단에 신고해줄 텐데 말이죠”라며 의외로 무투파 같은 말을 했다.

“지금은 아직 제 주변을 뒤지고 다닐 뿐이지만, 제가 무코다 씨와 친하게 지낸다는 것은 조금만 조사해보아도 알 수 있는 일이니까요. 무코다 씨가 구입처라는 것을 들키지 않으리라는 보증은 없습니다.”

확실히 람베르트 씨 말대로였다.

나는 이 가게를 빈번히 찾아오고 있고, 그 부분을 조금 조사하
면 비누와 샴푸를 판매하고 있다는 사실을 들킬 가능성은 매우
컸다.

"다행히 제 가게는 이 지역 영주이신 란그릿지 백작님에게 대
단히 큰 편애를 받고 있기도 해서 직접 손을 대지는 않고 있습니
다만, 무코다 씨 쪽은 무슨 일이 있을지 알 수 없으니까요. S랭크
모험가인 무코다 씨에게 손을 대는 일은 없다고 해도, 무코다 씨
가 집을 비웠을 때를 노려 저택에 침입할 가능성은 있지 않을까
싶습니다."

내가 비누와 샴푸 공급처라는 사실을 들키면 당연히 저택에 물
건이 있을 거라 생각할 테지.

실제로 그렇게 하려고 생각하기도 했고.

빈방에 인터넷 슈퍼에서 대량으로 산 비누와 샴푸 등을 놔두
고, 그걸 바꿔 담아 정기적으로 람베르트 씨 가게에 파는 일도 부
탁하려고 했었으니까.

으음, 이거 보안 면도 진지하게 생각하지 않으면 안 되겠는걸.

사람을 고용하는 이상, 안전 확보는 가장 중요한 사항이라고
생각하니까.

일단 람베르트 씨의 조언에 따라 전투 가능한 노예를 구입해야
겠다.

"람베르트 씨 말씀대로, 노예를 살 때는 전투 가능한 노예도 사
도록 하겠습니다."

"그게 좋을 겁니다. 제가 늘 노예를 사는 가게를 소개해드리죠.

지금 소개장도 써드릴 테니 잠시만 기다려주십시오."

소개장을 받아 들고 람베르트 씨 가게를 뒤로했다.

소개장도 받았고, 람베르트 씨가 보증한 가게니 안심이다.

바로 소개해준 가게로 가보기로 했다.

『저기, 또 어디 가는 거야? 나는 사냥하러 가고 싶다고.』

『그래. 나도 사냥하러 가는 데 찬성이다.』

드라 짱과 페르가 사냥하러 가고 싶다는 말을 꺼냈다.

참고로 스이는 평소처럼 가죽 가방 안에서 얌전히 자고 있다.

"아니, 오늘은 안 갈 거야. 지금부터 노예상에 가야 하거든."

『에이~.』

『뭐냐. 안 가는 것이냐. 재미없구나.』

재미없다니…….

"무슨 소리야. 중요한 일이라고. 여행을 가지 않아도 괜찮은 거야? 지금부터 우리가 여행을 떠나 있는 동안에 그 집을 관리해줄 사람을 찾으러 갈 거라고. 여행을 떠나지 않고 이 도시에 쭉 있겠다고 한다면, 지금부터 사냥하러 가도 괜찮은데 말이지."

『음, 여행은 간다. 얼마 전에도 재미있을 듯한 던전 이야기를 들었다. 던전에는 반드시 갈 거다.』

『맞아. 던전은 꼭 가고 싶어.』

크윽, 페르도 드라 짱도 던전에 관한 건 잊지 않고 있었군.

나로서는 여행을 떠난다고 해도 던전 도시 이외가 좋다고.

어떻게든 여기 머무는 동안에 잊어줬으면 좋겠는데.

"아무튼, 지금은 집을 산 지 얼마 안 돼서 정신없지만, 정리되면 사냥하러 데리고 가줄 테니까 조금만 참아."

그렇게 말하자 페르도 드라 짱도 마지못해 받아들여 주었다.

람베르트 씨가 가르쳐준 대로 나아가자 가게로는 보이지 않는 건물이 나왔다.

"정말로 여기가 맞는 건가? ……아, 간판이 있었네."

못 보고 놓치기 쉬운 자그마한 간판이었다.

간판에는 '라드슬라프 상회'라고 쓰여 있었다.

"여기가 맞는 것 같네."

람베르트 씨에게 소개를 받은 가게의 이름이었다.

나는 굳게 닫힌 문의 노커를 두드렸다.

문이 열리고, 그 틈새에서 스킨헤드의 투박한 남자가 고개를 내밀었다.

"저기, 람베르트 씨의 소개로……."

소개장을 보여주자 스킨헤드 남자는 그것을 받아 들더니 아무말 없이 그대로 문을 닫았다.

잠시 기다리자 다시 문이 열렸다.

나온 것은 쉰 살 전후로 보이는 눈초리가 가늘고 마른 남자였다.

"이 상회의 주인, 라드슬라프라고 합니다. 기다리시게 해서 죄송합니다."

"무코다라고 합니다. 잘 부탁드립니다."

"람베르트 님의 소개장을 보았습니다. 자, 안으로 들어오시죠."

우리는 라드슬라프 씨의 뒤를 따라서 가게 안으로 들어갔다.

입구 옆에는 조금 전에 보았던 스킨헤드 남자가 서 있었다.

이 남자는 경비 담당인 건가?

입구에서는 복도가 이어져 있었고, 몇 개의 문이 있었다.

장사와 관련된 이야기는 전부 개인실에서 이루어지는 모양이었다.

우리가 향해 간 곳은 안쪽 방이었다. 복도를 걸으며 이야기를 들어보니, 이 가게는 소개장이 없는 손님은 들어올 수 없게 되어 있다고 한다.

팔고 있는 것이 노예인지라, 아무래도 거래 금액이 고액이기도 하여 안전면에서 처음 온 손님은 거절한다는 규칙이 있는 모양이었다.

사람을 사고파는 일이니 오가는 금액도 어마어마한가 보다.

방으로 들어가자 라드슬라프 씨가 의자를 권했다.

방 안은 차분한 색조의 가구로 통일되어 있었고, 화려함은 없지만 전부 고급스러운 느낌이 감돌았다.

권한 대로 가죽 의자에 앉자 어디선가 메이드가 나타나 홍차를 내주었다.

나온 홍차를 한 모금.

응, 맛있네.

"람베르트 님의 소개장에는 무코다 님은 집 관리를 할 자와 전투가 가능한 자를 찾고 계시다고 되어 있었습니다만."

"네. 그래서 말이죠……."

집 관리, 솔직히 말해서 리얼 메이드는 귀여운 여자아이가 좋다는 뜻을 전했다.

그리고, 그게, 가능하다면 계약상 그게 오케이인 아이가 있으면…….

그렇게 전하자 라드슬라프 씨가 불쌍한 걸 보는 눈으로 나를 바라보았다.

어? 왜?

엄청나게 창피하기는 하지만, 어차피 사는 거라면 싫어서 용기를 내서 말한 건데.

"무코다 님은 혹시 타국 출신이십니까?"

"네."

타국이라고 할까, 애초에 이 세계 출신이 아닙니다만.

"무코다 님이 말씀하시는 노예는 이른바 성노예라는 것일 테지만, 애초에 이 나라에는 그런 부류의 노예가 없습니다. 육체관계도 가능하다는 계약을 맺을 수는 있지만, 그걸 승낙할 노예는 일단 없을 겁니다. 수요가 없으니까요."

"네? 수요가 없다고요?"

그럴 리가 없을 텐데요?

남자는 여자를 원하는 법이잖아요.

수요가 없을 리가 없는데.

"똑같이 큰돈을 내는 거라면, 한 명의 노예를 사는 것보다 유곽에 가는 편이 여러 여성과 놀 수 있으니까요."

··················지당하십니다.

"그러한 이유도 있어서, 육체관계를 승낙하는 노예는 없습니다. 그걸 승낙할 여성은 노예 같은 게 아니라 유곽으로 흘러 들어갈 테니까요."

확실히.

그걸 오케이 할 여성은 그쪽이 더 벌 수 있을 테니 굳이 노예가 되는 일도 없겠네.

유곽이라······.

그런 게 있다는 건 알았지만, 가본 적은 없었다.

다음에 한번 가볼까.

그런 생각을 하던 중에 방 한쪽에서 낮잠을 자고 있는 페르와드라 짱의 모습이 눈에 들어왔다.

내가 움직이면 페르들이 반드시 따라온다.

이렇게 저렇게 구슬려서······.

틀렸어.

시간이 너무 오래 걸리면 페르가 내 냄새를 쫓아올 것 같아.

그렇다면 페르들을 데리고서 유곽에·········· 무리.

슬픈 소식.

내 꿈은 전부 산산조각 났습니다.

풀썩.

내 앞에는 두 가족, 총 아홉 명의 노예가 서 있었다.

어째선 나는 이렇게 여자 운이 없는 걸까……

하아~.

어째서 이러한 상황이 되었는가 하면, '리얼 메이드는 귀여운 여자아이'라는 것만큼은……이라며, 귀여운 여자아이 노예를 희망했었다.

그러나 라드슬라프 씨가 말하길 내가 희망하는 노예는 준비할 수 없다고 했다.

귀여운 여자아이 노예가 없는 것이 아니라, 노예 쪽에서 바라는 조건이 나와 맞지 않기 때문이었다.

이 나라에서는 노예가 된 최초 3개월 정도는 노예의 의견을 우선하는 모양이라 이러한 결과가 되고 말았다.

겉모습이 보기 좋은 노예라는 것은 그것만으로도 수요가 있는지라, 남녀 관계없이 대부분 3개월 이내에 팔려버린다. 그렇게 되면 내가 희망했던 귀여운 여자아이 노예도 3개월 이내라는 것이 된다.

그런고로 결국에는 그 아이의 희망이 우선되게 되고…….

그러한 아이는 모두 귀족이나 상인에게 팔리기를 바란다고 한다.

노예에게 지불하는 임금은 적은 편이지만, 그래도 그중 귀족과 상인 쪽이 높기 때문이다.

노예로서는 자신을 환매할 일을 고려해 조금이라도 임금이 높은 쪽을 바란다는 것은 이해할 수 있었다.

나는 모험가라는 이유로 피하는 것이리라.

그렇게 짜게 굴 생각은 없는데 말이지…….

라드슬라프 씨도 내가 S랭크 모험가라는 것을 알고 있는지라, 상대는 S랭크 모험가니 귀족이나 상인과 비교해도 손색이 없다고 설명했다고 하는데, 아무래도 모험가라는 것만으로 거칠고 난폭하다는 이미지를 갖게 되는 탓에 모두 승낙하지 않았다고 한다.

람베르트 씨 소개로 온 가게인데 아무래도 빈손으로 돌아갈 수는 없었다.

그런고로, 일단 람베르트 씨의 추천이기도 했던 가족이 함께 팔리기를 바라는 노예를 보여달라고 했고…….

그리하여 지금에 이르렀다.

"토니 일가와 앨번 일가입니다."

라드슬라프 씨에게 소개받은 두 가족.

우선은 토니 일가.

아버지 토니 씨(33), 어머니 아이야 씨(30), 장남 코스티(13), 장녀 세리야(9)라는 가족 구성이었다.

토니 일가는 빚 때문에 노예가 되었다고 한다.

글쎄, 아이야 씨가 병에 걸리는 바람에 신관에게 회복 마법을 받는 비용과 포션 값으로 빚이 쌓이게 되고 말았단다.

그 아이야 씨도 빚의 원인이 되기는 했지만, 그러한 치료 덕분인지 완전히 다 나았다고는 할 수 없어도 안정세를 유지하고 있다고 한다.

자세히 보면 아이야 씨는 안색이 그다지 좋지 않은 듯했다.

라드슬라프 씨의 이야기에 따르면 토니 씨는 실력 좋은 정원사로, 식물이 많은 집에 추천할 만한 노예라고 했다.

아들 코스티도 토니 씨에게 어느 정도 일을 배웠기 때문에 충분히 도움이 될 거라고 한다.

아이야 씨도 주부로서 가사 전반은 실수 없이 해낼 수 있으며, 병에 걸리기 전에는 식당에서 일한 적도 있어 요리는 특기 분야란다.

세리야도 아직 아홉 살이기는 하지만, 아이야 씨가 병에 걸린 후로는 가사를 도왔기 때문에 어느 정도는 할 수 있다고 했다.

이어서 앨번 일가.

아버지 앨번 씨(30), 어머니 테레자 씨(28), 장남 올리버(10), 차남 엘릭(8), 장녀 롯테(5)라는 가족 구성이었다.

앨번 일가는 원래 농가로, 흉작이 원인이 되어 어쩔 수 없이 노예가 되었다고 한다.

라드슬라프 씨의 이야기에 따르면, 앨번 씨는 과수 농가였기 때문에 토니 씨와 마찬가지로 나무 손질 같은 것도 가능하단다.

그러고 보니, 집에 과수 종류도 심겨 있었던 것 같은데.

아들 올리버와 엘릭도 앨번 씨의 일을 도왔었기 때문에 어느 정도의 일은 맡길 수 있다고 한다.

테레자 씨는 농가의 주부로서 가사 전반이 특기이고, 작은 마물이라면 해체도 할 수 있다고 했다.

롯테는 아직 다섯 살이니 배려해달라고 했다.

람베르트 씨가 일가째 사들이기를 추천한 것도 왠지 이해가 되었다.

그게, 모두 필사적인걸.

여기서 가족 모두를 산다면 그야 은혜를 느낄 만도 하겠다 싶었다.

필사적인 것은 알겠지만, 그렇다고 해서 그렇게 매달리는 듯한 눈으로 보지 말아줘⋯⋯.

두 가족 아홉 명의 매달리는 듯한 시선이 나를 향하고 있었다.

"열심히 일하겠습니다! 그러니, 그러니 저희를 사주세요! 부탁합니다!"

그렇게 말하며 고개를 숙인 것은 토니 일가의 장남 코스티였다.

이어서 그 여동생인 세리야도 "아저씨, 부탁해요"라고 말하며 고개를 숙였다.

아버지인 토니 씨도 "부디 가족을 함께"라며 깊게 고개를 숙이고 있었다.

어머니인 아이야 씨도 마찬가지였다.

"아저씨, 우리도 열심히 일할게요! 그러니까 가족이 뿔뿔이 흩어지지 않게 해주세요. 부탁해요!"

앨번 일가의 장남 올리버도 그렇게 말하며 고개를 숙였다.

그 부모인 앨번 씨와 테레자 씨도 깊게 고개를 숙이고 있었다.

꼬맹이인 롯테까지 뭐가 뭔지 모르면서도 "부탁함미다"라며 꾸벅 고개를 숙였다.

⋯⋯⋯⋯⋯⋯.

크윽⋯⋯⋯⋯ 당신들, 내 약한 부분을 정확하게 찌르다니.

그러니까 나는 이런 이야기에 약하다고.

아저씨 발언은 걸리지만, 아이들에게 이렇게 필사적으로 부탁을 받으면 싫다고는 말할 수 없잖아.

나는 이걸 무시할 수 있을 정도의 냉혈한은 될 수 없다고…….

"라드슬라프 씨, 두 가족 모두 사겠습니다."

"고맙습니다."

라드슬라프 씨는 만면에 미소를 띠고 있었다.

토니 일가와 앨번 일가는 가족이 뿔뿔이 흩어지지 않게 되어 안심했는지 주저앉아 정신없이 울었다.

그 후, 등록을 위해 두 가족은 일단 문 너머로 물러났다.

토니 일가는 금화 500닢, 앨번 일가는 금화 510닢.

사람의 가격이라고 하기에는 역시 싼 듯한 기분이 들었지만, 라드슬라프 씨가 말하길…….

"토니 일가와 앨번 일가 같은 평민에게는 터무니없이 큰돈입니다. 게다가 환매할 때는 그 배가 되는 금액을 지불하는 것이 보통이니, 자신들을 되사려면 수십 년의 세월이 필요할 겁니다."

페르들 덕분에 돈이 많기 때문에 싸다고 여기는 것일 뿐, 토니 일가와 앨번 일가 같은 이 세계의 일반적인 집에는 분명 그러하리라…….

뭐, 우리는 할 일만 해주면 성가시게 굴지 않을 테니 지금까지와 똑같이 평범하게 생활해주었으면 좋겠다.

사들인 이상 나도 그 정도는 할 거라고.

생각하고 있던 귀여운 여자아이 메이드는 구하지 못했지만, 이것도 어떤 인연이겠지.

람베르트 씨의 이야기로는 가족을 전부 사들이면 은혜를 느껴 모두 무척 열심히 일해준다고 했으니, 기대할게.

....

그렇게 생각하지 않으면 못 해나갈 것 같습니다.

에구구.

◇ ◇ ◇ ◇ ◇

"다음은, 말씀하셨던 전투가 가능한 노예를 보여드리려고 합니다만."

"네, 부탁드립니다."

마음을 다잡고 다음은 전투 가능한 노예다.

잠시 기다리자 줄줄이 대단한 풍모의 근육 울퉁불퉁한 남자들 (몇 명의 여성도 섞여 있었지만)이 들어왔다.

라드슬라프 씨의 이야기로는, 모두가 빚을 진 끝에 노예가 되었다고 했다.

우선 첫 번째 사람은 전 C랭크 모험가.

나이는 30대 전반 정도로, 키는 나보다 조금 큰 정도인 마른 남자였다.

하지만 나와 달리 마른 근육질이라는 느낌으로 울끈불끈했고, 눈빛도 날카로웠다. 모험가 시절에는 척후를 담당했다는 모양이었다.

다만 빚의 원인이 도박이라는 게 말이지.

도박은 의존성이 높다고 하니, 이 사람은 좀 패스려나.

이어서 두 번째 사람은 작은 나라에서 흘러들어 온 전 용병이다.

그곳은 늘 자잘한 분쟁이 끊임없이 이어지고 있어 용병 일을 생업으로 삼은 자도 많다고 한다.

마흔이 지난 무뚝뚝해 보이는 아저씨로, 얼굴과 팔에 상처가 잔뜩 나 있고 검은 안대를 하고 있는 것이, 모 유명 액션 게임의 병사와 똑 닮았다.

엄청나게 강해 보인다.

그러나 이 사람이 노예가 된 원인이 술에 취해서 소란을 피우다 가게를 부수는 바람에 생긴 빚이라고 한다.

술버릇이 안 좋은 사람은 좀 그런데…….

이 사람도 패스려나.

세 번째인 전 D랭크 모험가도 도박이 원인이 되어 빚을 졌고, 네 번째인 남성적인 느낌의 전 C랭크 여성 모험가도 도박이 원인으로 빚을 졌다고 한다.

도박이나 술이 원인이 되어 빚을 만든 것은 받아들이기가 힘드네.

다음도 그런 원인이려나 싶어 조금 질려갈 무렵에 드디어 제대로 된 사람이 나왔다.

다섯 명째는 아직 젊은 20대 초반의 전 D랭크 모험가였다.

선조 중에 거인족이 있었던 모양인지, 격세 유전으로 2미터는 되지 않을까 싶을 만큼 키가 크고 근육이 울퉁불퉁 거칠어 보이는 남자였다. 어딘가 고릴라를 닮았다.

이런 거칠어 보이는 외모이건만 둥그런 눈을 하고 있어 참으로 순박한 느낌을 주었다.

빚의 원인은 어머니의 병이었다.

어머니의 병을 치료하기 위해 회복 마술과 포션에 상당한 돈을 썼다고 한다.

결국 어머니는 돌아가신 모양이지만, 그렇다고 해서 빚이 사라지는 것은 아니라 노예가 되었다고 한다.

라드슬라프 씨의 이야기로는 C랭크로 올라가기 직전의 일이었고, 상당한 유망주라고 한다.

괜찮은 것 같은데. 이 사람은 킵이다.

여섯 명째는…… 오오, 복근이 훌륭하게 식스팩으로 갈라진 20대 후반으로 보이는 호랑이 수인인 근육질 레이디.

나보다 키가 커 보이는 것이, 아마도 180센티미터는 넘으리라.

어쩐지 에이블링의 여걸 길드 마스터 나디야 씨와 비슷한 부분이 있었다.

이 호랑이 수인인 근육질 레이디는 전 B랭크 모험가로, 빚의 원인은 의뢰 실패에 따른 위약금이라고 한다.

평소대로라면 특별히 문제가 없을 의뢰였는데, 예상외의 일이 벌어져 크게 실패했단다.

그에 따라 큰 액수의 위약금을 물어야만 하는 지경이 되었다는 모양이었다.

저축도 거의 없어서 위약금을 지불할 방법을 찾지 못한 채 결국은 노예가 된 것이다.

그리고 놀랍게도 일곱 명째와 여덟 명째는 이 호랑이 수인인 근육질 레이디의 쌍둥이 남동생이었다.

동생들은 전 C랭크 모험가로, 남매 파티를 맺고 있었다고 한다.

빚의 원인은 당연히 누나와 같았다.

의뢰 실패에 따른 위약금으로 남매가 함께 노예가 되어버린 모양이었다.

이 쌍둥이 동생들도 근육질 레이디와 마찬가지로 190센티미터를 넘는 큰 체격에 훌륭하리만치 근육질 울퉁불퉁이었다.

참고로, 이 호랑이 수인 남매 세 사람은 라드슬라프 씨가 강력히 추천하는 노예였다.

나도 이 세 사람은 괜찮다고 본다.

제일 후보다.

아홉 명째인 전 F랭크 모험가는 사기를 당해서 빚을 졌다고 주장했지만, 아무래도 의심스러웠다.

게다가 집의 경비를 맡겨야 하는데 F랭크는 너무 낮을 듯했다.

근육질 레이디를 본 다음이라 조금 부족해 보였다.

열 명째는 개 수인인 전 C랭크 모험가로 30대 중반에 겉모습은 상당히 강해 보였으나 이 사람도 도박이 원인으로 빚을 졌다고 한다.

"라드슬라프 씨, 도박으로 진 빚이 원인인 사람이 상당히 많네요."

"예. 특히 중급 이상의 모험가가 되면 어느 정도 자유롭게 쓸 돈이 있으니까요. 꽤 빠지고 마는 사람이 있답니다."

어쩐지 이해가 된다.

회사에 다니던 때, 동기 중에도 그런 녀석이 있었다.

취직해서 월급을 받게 되자 파칭코에 푹 빠진 모양이었다.

부서가 달라서 그다지 이야기를 나눈 적은 없었지만, 이곳저곳의 파칭코 가게에 출몰해서 요란스럽게 놀았다고 한다.

대출에까지 손을 댔다는 이야기를 듣고 나는 도박에 흥미가 없어서 다행이라고 안심했던 기억이 있다.

어떤 세계든 도박이 있구나.

이 세계에서도 나는 도박에 흥미가 없기는 하지만, 그런 것에 빠지지 않도록 주의하자.

"그럼 마지막 노예입니다. 전 B랭크 모험가로 전투에 관해서는 부족함이 없지만, 몹시 성격이 있는 사람이라고 할까요? 완고하다고 할까요……?"

마지막 열한 번째 사람은 드워프였다.

150센티미터 정도의 키인데, 근육이 울퉁불퉁하고 수염이 덥수룩한 아저씨였다.

빚의 원인을 듣고 어이가 없었다.

이쪽도 근육질 레이디 남매와 마찬가지로 원인은 의뢰 실패에 따른 위약금이기는 했지만, 근육질 레이디들 만큼 큰 금액은 아니었고, 갚을 마음만 먹으면 얼마든지 갚을 수 있었다고 한다.

다섯 명 파티로 받은 의뢰의 실패였는데, 위약금은 다섯 명이 나누어 지불하게 되었다는 모양이었다.

물론 위약금은 비쌌지만, 각자 저축과 장비 등을 팔아 겨우 지불할 수 있었다고 한다.

그런데 이 드워프 아저씨만은 고집스럽게 장비, 갖고 있는 메인 무기인 해머를 팔려고 들지 않았단다.

그래서 결국 혼자만 위약금을 내지 못하고 노예가 되고 말았다는 것이다.

"소지한 해머를 팔면 위약금을 내고도 조금은 남았을 텐데 말이죠."

라드슬라프 씨가 이런저런 설명을 한 후에 툭 그런 말을 했다.

"음, 그건 아무한테도 안 팔아! 그건 내 거야. 명장 두샨을 몇 번이고 찾아가서 거금을 내고 겨우 만들어 받은 일품이라고. 그건 내 보물이야. 그걸 남한테 파느니 노예가 되는 편이 낫다고!"

드워프 아저씨가 아연실색한 표정으로 그렇게 말했다.

보이는 대로 평범치 않은 집착과 고집이 있는 모양이었다.

하지만, 해머를 만들어 받는 데 큰돈을 냈다면 저축도 있을 법한데.

그런 질문을 던지자 "그건 명장 두샨에게 무기를 주문하기 위한 저축이었다고. 목적을 달성했는데 저축할 리가 없잖아. 전부 술값으로 썼어"라고 답했다.

전부 술값이라니 역시 드워프라고 해야 하려나.

어째선지 호랑이 수인인 근육질 레이디와 쌍둥이 동생들까지 응응하고 고개를 끄덕이고 있는데?

흐음, 어떻게 해야 하려나.

나는 라드슬라프 씨도 추천한 호랑이 수인인 근육질 레이디와 쌍둥이 남동생들 세 사람과 전 D랭크지만 유망해 보이는 격세 유전의 고릴라를 닮은 고릴라 남자와 마지막 완고한 드워프 아저씨를 염두에 두고 있었다.

역시 원인이 도박이라든가 술에 취해 날뛰었다든가 하는 건 피하고 싶으니까.

그래도 일단 슬쩍 열한 명을 감정해보았다.

내가 사려고 생각한 다섯 명은 부족함이 없었다.

그 외 첫 번째인 전 C랭크 모험가는 척후병이었던 만큼 은폐 스킬이나 투척 스킬 등, 몇 가지를 갖고 있어 유능해 보였다.

전 용병이라는 모 유명 액션 게임의 병사와 똑 닮은 무뚝뚝 아저씨도 검 스킬 외에 통솔 스킬 같은 것도 갖고 있는 것이 유능해 보였다.

하지만, 원인이 말이지…….

경비는 다섯 명 있으면 충분하려나.

혹시 부족할 것 같으면 그때 다시 생각하면 되겠지.

일단은 역시 이 다섯 명이려나.

나는 라드슬라프 씨에게 다섯 명을 사겠다고 전했다.

호랑이 수인인 근육질 레이디는 타바사 씨(28)였고, 쌍둥이 남동생은 위가 루크 씨고 아래가 어빙 씨(두 사람 모두 24), 격세 유전인 고릴라 남자가 페이터 군(20), 완고한 드워프 아저씨가 바르텔 씨(92)다.

타바사 씨와 루크 씨와 어빙 씨가 세 사람 합해 금화 1,400닢, 페이터 군이 금화 380닢, 바르텔 씨가 금화 680닢이었다.

역시 전투가 가능한 노예가 되면 비싼 모양이다.

다섯 명의 등록도 부탁하고, 토니 일가와 앨번 일가를 포함한 대금인 총 금화 3,470닢을 라드슬라프 씨에게 지불했다.

그리고 토니 일가와 앨번 일가와 다섯 명의 계약도 바로 마무리했다.

나로서는 비밀 엄수 부분을 특히 중시한 계약이었다.

그렇다고 해도 내 출신, 스킬 등에 관한 것은 절대로 발설하지 않는다는 거지만.

비누나 샴푸 등도 스킬과 관계가 있으니, 이것도 발설할 수 없을 터다.

계약상 내 개인 정보는 발설하지 않는다고 되어 있으니 괜찮을 거라고는 생각하지만.

그 부분만큼은 몇 번이나 확인했다.

계약을 마치고, 열네 명을 넘겨받았을 때 페르들을 소개하기로 했다.

"안녕하세요. 여러분을 사들인 무코다라고 합니다. 그리고, 이쪽이 제 사역마들입니다."

느릿하게 일어난 페르, 드라 짱을 소개하고, 가죽 가방을 열어서 안에서 자는 스이를 슬쩍 보여주며 말했다.

페르를 소개하자 특히 전 모험가인 다섯 명이 한순간 긴장했지만 "사역마니까 괜찮습니다. 자세한 건 집에 돌아가서 설명하겠습니다"라고 말하고 그 자리는 어찌어찌 수습했다.

그리고 열네 명을 데리고서 라드슬라프 씨의 가게를 슬슬 나오기로 했다.

"노예가 또 필요해지시면 그때는 꼭 저희를 찾아주십시오."

라드슬라프 씨가 미소 띤 얼굴로 그렇게 말했다.

열네 명이나 되는 사람을 한 번에 샀더니, 나도 단골로 쳐주는 건가?

뭐, 현재로는 더 늘릴 예정은 없지만 말이지.

열네 명이라는 대인원과 함께 일단은 우리 집으로 돌아가기로 했다.

줄줄이 열네 명을 이끌고서 집까지 걸어 돌아왔는데, 우리 집의 화려한 모습을 보고 모두 하나같이 입을 떡 벌리고 있었다.

응응. 소유자인 내가 말하기는 뭐하지만, 그 기분 이해해.

일단 안채 1층에서 가장 넓은 거실에 모였는데, 다들 내부의 호화로움을 보고서 더욱 넋이 나갔다.

다리가 긴 의자가 몇 개 놓여 있기는 했지만, 아무리 그래도 열네 명이나 되면 앉지 못하는 사람도 생기는지라 그대로 바닥에 앉게 했다.

폭신폭신한 융단이 깔려 있으니, 일단은 괜찮으리라.

여러 사람 앞에서 이야기하는 것은 회사에 다니던 때 이후로 처음이다.

조금 긴장된다.

"저기, 아까도 소개했습니다만, 여러분을 사들인 무코다라고 합니다. 앞으로 잘 부탁드립니다."

내가 긴장한 채로 그렇게 말하자 토니 일가와 앨번 일가는 "잘 부탁드립니다"라고 답했고, 다섯 명의 전 모험가는 말없이 고개를 숙였다.

"일은 S랭크 모험가 겸 상인 비슷한 일을 조금 하고 있습니다. 그리고 이쪽이 아까 간단하게 소개했던 제 사역마들입니다. ……페르."

『그래. 나는 바람의 여신 닌릴 님의 권속인 펜리르다. 이름은 페르라고 한다. 어떤 이유로 이 녀석의 사역마가 되었다. 너희는 이 녀석의 노예라고 하니, 나도 잘 섬기도록. 알겠나?』

하아, 뭐가 나도 잘 섬기도록이냐.

앗, 이런. 페르가 말하는 걸 보고 토니 일가와 앨번 일가가 모두 굳어버렸어.

전 모험가 다섯 명도 어렴풋하게 눈치채고는 있었던 모양이지만, 정말로 말하는 모습을 보고 역시나 놀란 듯이 눈을 크게 뜨고 있잖아.

"아, 그러니까, 펜리르인 페르입니다. 일단 펜리르라는 사실은 비밀로 하고 있지만, 알아보는 사람은 알아보는 모양이니, 공공연하게 소문을 내고 다니지만 않으면 괜찮습니다. 그쪽의 전 모험가 다섯 명도 알아본 모양이니까요. 전설의 마수라느니 하며 잘난 척을 하지만, 기본적으로는 내버려 두면 괜찮습니다. 이런 게 있다는 것만 알아두시면 됩니다."

『어이, 내버려 두라니 무슨 소리냐? 나는 바람의 여신 닌릴 님의 권속이다.』

"아, 네네. 안다니까. 네, 다음은 드라 짱."

『크으으.』

"다음입니다. 픽시 드래곤인 드라 짱입니다. 드래곤이라고는 해도, 이 모습이 성체이기 때문에 이 이상 커지지는 않으니까 무서워하지 마십시오. 이쪽도 기본적으로는 그냥 내버려 두면 괜찮으니까요."

내 주변을 날던 드라 짱이 "여어!" 하는 느낌으로 오른손을 들었다.

"마지막은…… 스이, 나와 봐."

그렇게 말하자 가죽 가방 안에서 뿅 하고 스이가 튀어나왔다.

"슬라임 스이입니다. 이 아이도 기본적으로 그냥 내버려 두면 됩니다."

스이가 내 주변을 뿅뿅 뛰어다녔다.

그런 중에 농가의 배짱 좋은 엄마의 편린이 보이기 시작한 앨 번가의 테레자 씨가 머뭇머뭇 손을 들었다.

"저기, 주인님. 질문을 해도 괜찮겠습니까?"

주인님이라고 부르는 건가.

아니, 모두의 위치를 생각하면 그게 맞기는 하지만, 어쩐지 좀 이상하네.

애초에 님이라는 호칭으로 불린다는 게 오글거린다고 할까 뭐랄까.

"아, 테레자 씨. 저는 그냥 무코다라고 부르시면 됩니다. 여러분도 마찬가지로 무코다면 됩니다. 주인님이라든가, 님을 붙여 불리는 건 아무래도 어색해서요. ……그래서, 테레자 씨의 질문은 뭔가요?"

"저기, 저는 주인님의."

"'무코다'로 부탁드립니다."

"저기, 그게 주인님이 바라시는 거라면 그렇게 하겠습니다. 그리고 저는 테레자라고 편하게 불러주세요. 그래서, 질문입니다만, 사역마님들을 내버려 두면 된다고 하셨는데, 식사 같은 건 어떻게 하면 될까요?"

지당한 질문이다.

하지만 말이지……….

"밥은 기본적으로 제 몫을 포함해서 제가 직접 만드니까 괜찮습니다. 그보다 부탁드리고 싶은 건…….."

모두에게 시킬 일을 설명해나갔다.

토니 일가와 앨번 일가의 여성진에게는 이 안채의 청소 전반이다.

너무 넓어서 힘들겠지만, 그 부분은 힘내서 해주었으면 한다.

뭐, 넓으니까 매일 구석구석 쓸고 닦아가며 청소하라고는 말하지 않을 셈이고.

오늘은 1층 절반을 했으면 다음 날은 나머지 절반이라는 느낌으로, 차례차례 청소해주면 충분하다.

요컨대, 눈에 띄게 지저분하지 않게 어느 정도만 깨끗하게 해주면 오케이다.

그리고 남성진은 정원 손질을 전반적으로 담당해주었으면 한다.

잔디 깎기에 화단과 정원수 등의 손질이다.

이쪽도 넓은 정원이라 늘 완벽하게 잡초 하나 없는 정원으로 만들어놓으라고는 말하지 않을 셈이다.

어느 정도 손질이 된 상태면 충분하다.

요컨대, 잡초가 무성하게 자라나서 손질이 전혀 안 된 거 아닌가 하는 상태만 아니면 오케이다.

"그리고, 토니 일가와 앨번 일가에는 또 하나 해주었으면 하는 일이 있는데……. 이건 계약 때도 몇 번이나 확인했던 제 스킬과도 연관된 일이니까, 절대로 발설하지 말아주십시오. 물론, 이 일을 담당하지 않는 그쪽 다섯 명도 마찬가지입니다."

못을 박아두자 모두 고개를 끄덕였다.

"여러분은 람베르트 상회에서 팔고 있는, 비누와 샴푸 등을 알고 계십니까?"

그렇게 묻자 타바사 씨가 손을 들었다.

"좀 비싸지만, 아주 좋은 향기가 나는 비누 말이죠? 저도 하나 갖고 있답니다."

"뭐어?! 누님 그런 거 갖고 있었어?"

"어느 틈에 그런 걸 산 거야?"

"시끄럽네. 나도 여자라고."

활동적인 모험가로 보이는 근육질 레이디도 비누나 샴푸 등에는 흥미가 있는 모양이다.

"맞습니다. 타바사 씨."

"무코다 씨. 방금 테레자도 말했듯이, 우리는 그냥 편하게 불러주세요. 저희는 모두 무코다 씨의 노예니까요."

타바사 씨가 그렇게 말하자 주변의 모두가 고개를 끄덕였다.

"그, 그런가요? 그럼, 그렇게 하기로 할게요."

모두 내 노예이기는 하니까.

내가 모두를 높여 부르는 것도 이상하려나.

이런 건 익숙하지 않지만.

조금씩 익숙해져야겠지.

"이야기가 잠시 중단되었습니다만, 그 좋은 향기가 나는 비누 말인데, 사실 그건 제가 람베르트 상회에 공급하고 있습니다."

일단 내 스킬에 관한 것은 모두에게 이야기해두려고 한다.

그게, 내 집인데 뭔가 몰래몰래 해야 한다는 건 싫으니까.

게다가 오랫동안 함께 지내게 될 테니까, 언젠가는 들킬 테고.

그럴 바에야 처음부터 제대로 말해두는 편이 충격도 적고, 금세 익숙해질 거라고 보거든.

애초에 비누나 샴푸 등을 바꿔 담는 일을 부탁하면서, 그 용기가 플라스틱제라든가 알록달록한 모양이라든가 글자 등이 인쇄되어 있다든가 하는 와중에 거기에 흥미를 가지지 말라고 하는 편이 무리일 테니까.

뒤에서 몰래 캐고 다니게 하느니, 차라리 처음부터 이야기해두는 편이 좋으리라고 판단했다.

물론 비밀 엄수 의무에 대해서는 못을 박아두고 주의를 해둘 셈이다.

"그래서, 그 입수처가 말이죠, 그게 제 스킬과 관계가 있는데…… 아, 실제로 보여주는 편이 빠르려나."

모두에게 내 뒤로 오라고 말하고, 나는 평소처럼 인터넷 슈퍼를 열었다.

"이게 제 고유 스킬인 인터넷 슈퍼입니다."

토니 일가와 앨번 일가는 모두가 넋이 나갔고, 전 모험가 다섯 명은 "이, 이건 대체"라며 동요했다.

"저는 이 스킬로 이세계의 편리한 물건을 가져올 수가 있습니다."

"이세계라니, 자네…… 미안하네. 무코다 씨는 '용사'인가?"

드워프 바르텔이 그렇게 물었다.

역시 최연장자.

게다가 전 B랭크 모험가니, 그 정도는 알고 있어도 이상하지 않겠지.

"아뇨, 아닙니다. 제 경우는, 간단히 말하자면 용사들에게 휩쓸려 이 세계에 오게 된 평범한 일반인입니다. 하지만 그 덕분에 전투에는 전혀 맞지 않지만 이런 편리한 스킬을 갖게 되었죠. 뭐, 아무튼 백문이 불여일견입니다. 실제로 보여드리죠."

내가 인터넷 슈퍼를 이용하는 모습을 모두에게 직접 보여주려고 했다.

화면을 조작해서 평소처럼 비누와 샴푸 등을 카트에 담았다.

이건 모두에게 지급품으로 줄 예정이다.

글쎄, 이 저택의 사용인용 집에는 작지만 욕실이 딸려 있었다.

이 정도의 저택이니, 일하는 사용인들에게도 청결이 요구되었으리라.

좋은 곳이다.

목욕은 기분 좋고, 나로서도 청결하게 지내주는 편이 좋다.

이 집의 청소 같은 걸 맡겼는데, 청소하는 사람들이 불결해서는 아무래도 싫을 테니까.

꼬르르륵——.

매우 귀여운 소리가 들려왔다.

소리가 난 쪽을 보니 토니 일가의 세리야가 얼굴을 새빨갛게 붉힌 채 고개를 숙이고 있었다.

이러저러하는 사이에 시간도 상당히 흘렀으니, 배가 고플 만도 하려나.

설명만은 먼저 해두고 싶은데. 마침 인터넷 슈퍼 스킬을 사용 중이기도 하니까, 허기를 채울 만한 거라도 사서 먹으면서 듣게 하기로 하자.

뭘로 할까…… 귀찮기도 하니까 일단 단과자빵이면 되겠지.

다음은 오렌지 주스라도 함께 주면 되려나.

좋아, 누르자.

계산 버튼을 누르자 내 눈앞에 종이 상자가 나타났다.

뒤에서 "우오오" 하는 놀란 소리가 터져 나왔다.

나로서는 늘 보는 거지만, 보통은 당연히 놀라겠지.

종이 상자를 빠르게 열어 안에 담긴 물건을 꺼냈다.

"출출할 테니까 일단 이걸 먹으면서 들어주세요."

그렇게 말하고 모두에게 단과자빵을 나누어주었다.

그리고 1.5리터짜리 오렌지 주스의 페트병 뚜껑을 열고 컵을 인원수에 맞춰 꺼냈다.

"마실 건 직접 따라서 가져가 주세요."

그렇게 말하자 음식점에서 일했던 경험도 있다고 하는 아이야 씨가 척척 컵에 오렌지 주스를 따라 모두에게 건넸다.

병에 걸렸다는 아이야 씨는 건강한 몸이라고는 할 수 없지만,

현재로서는 일상생활에 문제가 없어 보였다.

앞으로 일을 시키기 위해서도 당연히 조치를 취할 생각이지만.

모두에게 단과자빵과 오렌지 주스를 나눠주고 설명을 재개했다.

"이런 느낌으로, 이세계의 물건을 가져올 수 있습니다. 그래서 모두에게 해주었으면 하는 일은…….'

먹으면서 들으면 된다고 말했는데, 어째선지 모두 단과자빵에 손을 대려 하지 않았다.

……아, 그렇구나.

비닐 뜯는 법을 모르는 건가.

"저기, 이건 이런 식으로 열 수 있습니다."

내 몫으로 산 단과자빵 비닐을 쭉 뜯어 보였다.

그러자 단과자빵 비닐 여는 소리를 들은 페르가 벌떡 일어났다.

『음, 그건 단 빵이구나. 너 혼자 먹다니 치사하다. 나도 빵을 먹겠다. 내 것도 다오.』

『앗, 정말이네. 치사해! 나도 단 빵 먹고 싶어!』

『스이도 단 빵 먹을래!』

드라 짱도 페르에게 편승해 먹고 싶다는 말을 꺼냈고, 단 걸 좋아하는 스이도 먹고 싶다고 졸라댔다.

"출출한 걸 달래려는 것뿐이고, 곧 제대로 된 식사를 할 생각인데……."

『먹고 싶어』라며 소란스러운 페르들에게 떠밀려 다시 인터넷 슈퍼를 열어서 단과자빵을 대량으로 구입했다.

봉투에서 꺼낸 단과자빵을 접시에 고봉으로 담아 페르와 드라 짱과 스이 앞에 내주었다.

"지금은 이쪽 분들하고 이야기를 나누는 중이니까, 이걸 먹고 얌전히 있어. 이야기가 끝나면 밥 줄 테니까."

단과자빵을 먹게 되어 만족했는지, 페르도 드라 짱도 스이도 염화로 『알았다』고 전해왔다.

"기다리셨죠? 아니, 여러분. 아직 안 드셨어요? 드시면서 들어도 됩니다."

그렇게 말하자 공복과 호기심에 지고 말았는지 가장 어린 앨번 일가의 롯테가 비닐을 뜯고 단과자빵을 베어 물었다.

"맛있어! 이거 폭신폭신하고 달아서 맛있어!"

그렇게 말하며 자그마한 입 가득히 단과자빵을 베어 물었다.

"자, 여러분도 어서 드세요."

내가 재촉하자 드디어 모두 단과자빵에 입을 댔다.

"맛있어"라든가 "달콤해"라든가 "부드러워"라든가 하는 말이 여기저기서 들려왔다.

조금 전 귀여운 꼬르륵 소리를 냈던 세리야도 맛있게 단과자빵을 먹고 있었다.

오렌지 주스도 맛이 있는지, 모두 꿀꺽꿀꺽 마셨다.

나도 출출하니까 먹기로 할까.

내 몫인 팥빵의 비닐을 뜯고 캔 커피를 땄다.

음, 역시 팥빵은 맛있어.

그리고 단과자빵에는 역시 캔 커피지.

그런 생각을 하고 있으려니 누군가가 내 바짓자락을 쭉쭉 잡아

당겼다.

뭔가 했더니 다리 옆에 롯테가 있었다.

"저기, 저기, 아저씨. 롯테 폭신폭신 달콤한 빵 더 먹고 싶어."

그 모습을 보고 롯테의 아버지인 앨번 씨와 어머니인 테레자 씨가 새파래진 얼굴로 허둥지둥 달려 나왔다.

"이 녀석, 롯테! 죄송합니다."

"정말로 죄송합니다. 롯테도 어서 사과드려야지."

"아니 아니, 괜찮습니다. 그보다…… 롯테. 나는 아저씨가 아니라 오빠라고 불러주렴. 알았지?"

아무래도 앞으로 쭉 아저씨라고 불렸다간 내 정신에 대미지가…….

그것만은 막아야 해.

"응, 알았어. 그래서 있지, 무코다 오빠. 롯테는 폭신폭신 달콤한 빵 먹고 싶어."

어린아이라 적응이 빠르네.

"으음, 주는 건 상관없지만, 이제 곧 밥을 먹을 건데? 지금 단빵을 먹어버리면, 밥을 먹을 수 없게 되지 않을까? 괜찮겠어? 맛있는 밥을 먹을 예정인데 말이지~."

"맛있는 밥 먹을 수 있어?"

"그럼."

"그럼 롯테, 참을래!"

"그렇구나. 조금만 더 기다리면 되니까, 참고 있어."

"응!"

옳지 옳지, 어린아이는 솔직한 게 제일이지.

그리고 비누 포장을 벗겨서 나무 상자에 채우는 작업과 샴푸와 트리트먼트를 단지에 옮겨 담는 작업 설명을 해나갔다.

대략의 설명을 마친 다음, 이어서 전 모험가 다섯 명의 일을 설명했다.

"다음은 전 모험가 타바사 씨…… 어흠……. 타바사, 루크, 어빙, 페이터, 바르텔의 일인데, 그건 이 저택의 경비입니다. 방금 이야기한 비누랑 샴푸와도 관련된 건데, 그 평판을 듣고서 조금 성가신 게 뒤를 캐고 다니는 모양이거든요."

람베르트 씨에게 들은 이야기를 다섯 명에게 들려주었다.

"스타스 상회인가……."

"그다지 좋은 소문은 듣지 못했어."

다섯 명은 제각기 그 상회에는 좋은 소문이 없다고 말했다.

스타스 상회라는 곳은 악랄한 일도 태연하게 한다고 하는, 평판이 좋지 않은 상회였다.

"저도 모험가니까, 집을 비우는 일도 있을 거라고 생각합니다. 다섯 사람에게는 그사이에 집의 경호를 맡아줬으면 좋겠어요. 물론 평소 경호도."

성가신 일이기는 하지만, 실력이 있어 보이는 이 다섯 명이라면 문제없으리라고 본다.

"알았어. 열심히 할게."

타바사의 대답과 함께 다른 네 사람도 승낙했다.

"토니 일가와 앨번 일가도 무슨 일이 있으면, 바로 나나 여기

다섯 사람에게 도움을 청할 것. 아시겠죠?"

전 모험가 다섯 사람은 어느 정도 싸울 수 있을 테니 걱정 없지만, 걱정인 것은 토니 일가와 앨번 일가다.

토니 일가와 앨번 일가가 집 밖으로 나갈 때는 경호 담당인 다섯 명 중 누군가가 반드시 따라가도록 하라고도 전했다.

그래도 무슨 일이 있을 때는 피난할 수 있는 편이 좋겠지.

람베르트 씨와 모험가 길드에도 나중에 이야기를 해두도록 하자.

다음은 오늘 밤 잠자리도 정해야 하니, 사용인용 집을 안내하기로 할까.

롯테에게는 미안하지만, 저녁밥은 그다음이다.

◇ ◇ ◇ ◇ ◇

"그럼, 여러분이 앞으로 지낼 집을 안내할 테니 따라와 주세요. 롯테, 조금만 더 기다려줘."

"어쩔 수 없네."

롯테가 뺨을 불룩 부풀리며 그렇게 말했다.

그 모습을 본 오빠 올리버가 롯테의 머리를 콩 때렸다.

엘릭은 안절부절못했고, 아버지 앨번과 어머니 테레자는 고개를 숙였다.

사이가 좋아 보이는 가족이라 미소가 절로 나왔다.

미소가 지어졌지만, 행복한 가정을 꾸린 앨번 씨가 조금 부러웠다.

모두를 데리고 안채를 나와 안채 뒤쪽에 있는 사용인용 집으로 안내했다.

"여기가 여러분이 지낼 집입니다."

"네? 저, 정말로, 이 집에 살아도 되는 겁니까?"

토니가 놀란 얼굴로 확인했다.

"네. 이게 사용인용 집이니까요. 생활하는 공간에 줄곧 타인이 있으면 마음이 편히 쉴 수 없으니까요. 서로 말이죠."

나로서도 집 안에 남이 계속 있으면 차분해지기 힘들고 편하게 쉴 수도 없으니까.

안채는 우리끼리만 쓸 셈이다.

기본은 낮에 일할 때만 안채에 들어오는 것으로 정했다.

"여보, 전에 살던 집보다 훨씬 좋아……."

무심코 말한 듯한 느낌으로 테레자가 중얼거렸다.

그 중얼거림에 토니 일가도 앨번 일가도 모두 고개를 끄덕였다.

"세 채가 나란히 있는데, 좌측 집을……."

사용인용 집은 똑같은 형태로 지어져 있으니 내가 배당해주기로 했다.

좌측의 한 동은 토니 일가, 한가운데 한 동은 앨번 일가, 우측 한 동을 전 모험가 다섯 명이 쓰도록 했다.

"남성들 뿐인 곳에 여성 한 명이 들어가게 돼서 타바사한테는 미안하지만, 방 분배 같은 걸 잘 궁리해주세요."

"아니, 죄송이라니 당치 않습니다. 이렇게 좋은 데서 살 수 있을 거라고는 생각도 못 했는데. 모험가 시절보다 나은 생활이 될 것 같네요."

집을 본 타바사가 왠지 기뻐하며 그렇게 말했다.

동생들도 있다고는 해도 남성진 속에 여성이 혼자라는 건 어떨까 싶었지만, 토니 일가와 앨번 일가를 생각하면 이렇게 분배할 수밖에 없었다.

아무래도 가족들끼리 떨어져 생활하게 할 수도 없으니 말이다.

"무코다 씨, 걱정하지 마세요. 누나를 덮치는 남자 같은 게 있을 리 없으니까요. 아니, 덮칠 정도의 기개가 있으면 꼭 아내로 삼아줬으면 싶다니까요."

어이 어이, 루크. 말이 너무 심하잖아.

확실히 키도 크고 근육질 레이디인 타바사는 취향이 나뉘는 부분이 있기는 하겠지만, 의지가 강해 보이는 또렷한 생김새는 충분히 미인이라고 생각한다고.

"그러게 말이야. 이미 한참 늦었으니까, 페이터도 바르텔도 뭐하면 시도해봐도 돼. 그 경우, 아내 확정이지만. 크하하하."

어빙도 비슷하게 너무하네.

"나는 동족을 아내로 삼겠다고 마음먹고 있다."

바르텔, 대답하지 않아도 괜찮거든.

페이터는 시선을 피하지 마.

루크와 어빙은 바르텔과 페이터의 반응을 보고 크게 웃었다.

하지만, 괜찮겠어?

뒤에 귀신 형상을 한 사람이 있다고.

꿍, 꿍──.

루크와 어빙이 사이좋게 타바사에게 철권제재를 받았다.

이 쌍둥이, 바보네.

다시 본론으로 돌아와서, 집 안을 안내했다.

집 안은 기본적으로 세 채가 같기 때문에, 가장 가까이에 있던 타바사 일행의 집으로 들어갔다.

"안의 구조는 어느 집이나 같습니다."

모두를 데리고서 집 안을 살펴보았다.

안은 어느 집이나 방이 세 개였다.

평범하게 살기에는 충분하리라고 본다.

이 세 채의 집 앞에는 우물도 있으니, 물 확보도 문제없다.

"다음으로, 각 집에는 욕실도 있습니다."

그렇게 말하자 욕조에 들어가 목욕을 해본 적이 있는 모양인 전 모험가들 사이에서 "오오" 하는 환성이 일었다.

욕조가 있는 집은 상인 집안이나 귀족 정도니까.

토니 일가와 앨번 일가는 분명 지금까지 욕조에 몸을 담그고 목욕을 해본 적조차 없는 게 아닐까?

"다만, 물 마석과 불 마석이 필요한데 그건 나중에 지급하겠습니다. 욕조를 쓸 수 있게 되면 가능한 한 자주 목욕을 해주세요. 저로서도 청결을 유지해주는 편이 좋으니까요."

내가 그렇게 말하자 모두 고개를 끄덕였다.

사용인용 집의 욕실은 욕조 옆에 탱크가 달려 있고, 거기에 물 마석과 불 마석을 설치하여 온수를 만들어 급수하게 되어 있었다.

집을 살 때 들은 이야기로는, 설치하는 마석의 크기는 새끼손가락 끝보다도 작은 마석으로 충분하다고 했다.

그래도 마석은 마석인지라 나름대로 가격이 나간다고 하니, 욕조를 쓰지 않아도 가까이에 있는 우물로도 생활에 지장은 없을 거라고도 했다.

분명 그 말대로지만, 기왕 욕실과 욕조가 있으니 꼭 써주었으면 한다.

목욕을 좋아하는 일본인으로서는, 목욕이 얼마나 기분 좋은지 모두가 꼭 알아줬으면 싶기도 했다.

"그럼, 생활에 필요하다고 여겨지는 물건을 지급품으로 전달하겠습니다. 마침 왔으니, 우선 이 집 것부터."

사용인의 집은 가구는 있지만, 그 이외의 생활용품이 전혀 갖춰져 있지 않았다.

인터넷 슈퍼를 열어서 가장 먼저 사는 것은 각자의 이불이다.

수면은 중요하니까.

파는 것 중에서도 좋아 보이는 이불 한 벌과 시트 한 벌을 골라 두었다.

비누나 샴푸니, 아까 구입했던 것을 아이템 박스에서 꺼냈다.

그리고 식기류와 물을 뜨기 위한 양동이 등등, 필요할 법한 것들을 구입했다.

그리고 역시나 중요한 칫솔과 치약 세트.

청결하려면 입 안도 중요하니까.

이 세계에도 칫솔은 일단 있지만, 나무 섬유를 풀어서 만든 것이라 그다지 쓰기 좋지 않았다.

그런 탓에 꼼꼼하게 이를 닦는 사람이 없고, 충치로 괴로워하는 사람이 꽤 있는 모양이었다.

가끔 구취가 심한 사람도 있고.

모두에게 사용법을 가르쳐주고, 아침저녁으로 깨끗하게 이를 닦으라고 해두었다.

바보 쌍둥이 중 한쪽인 어빙에게서 "귀찮은데"라는 말이 새어나왔지만, 내가 "충치가 생겨서 고생하고 싶다면 억지로 하라고는 말하지 않겠지만 말이지. 그리고 입에서 냄새나는 남자는 미움받는 법이야"라고 했더니, 본인 입 냄새를 확인하고서 "윽" 하고 신음했다.

그 모습을 본 루크도 똑같이 따라 하더니 "윽" 하고 신음했다.

무심코 웃고 말았다.

역시 이 쌍둥이는 바보다.

참고로 나는 가호가 있어서 충치가 생기지 않는 모양이지만, 기분 나쁜 구취 예방을 위해서도 매일 닦고 있다.

그 후, 토니 일가와 앨번 일가에도 같은 것을 지급하고, 나중에 부족한 것은 그때그때 말해주길 바란다고 전해두었다.

집 안내도 하고 지급품도 전달했으니, 다음은 안채에서 식사다.

일단 생활이 안정될 때까지는 내가 밥을 준비할 생각이다.

안정이 되면 재료와 조미료류를 나눠주고 각자 만들어 먹게 할셈이지만.

오늘은 첫날이기도 하니 기운이 나도록 조금 호화롭게 가볼까

한다.

아이야와 테레자에게는 요리 보조를 부탁해야지.

아, 그 전에…….

안채로 돌아가면 우선은 아이야의 회복이다.

안채 거실로 돌아와서 아이야에게 말을 걸었다.

"저기, 아이야는 아직 몸 상태가 좋지 않은 거죠?"

그렇게 묻자 남편인 토니가 얼른 고개를 숙였다.

"어느 정도 회복되었습니다. 부디, 제발 버리지 말아주십시오."

아들인 코스티와 딸인 세리야도 불안한 얼굴로 아이야 씨의 옷 자락을 잡고 있었다.

뭔가 안 좋은 방향으로 착각을 한 모양이다.

정말이지, 오해라고.

나는 당신들을 산 이상 이제 와서 포기하지 않는다고.

"아니 아니, 그런 이야기가 아니거든요."

귀찮네. 감정해보는 편이 빠르겠어.

아이야를 감정해보니 아무래도 폐가 안 좋은 모양이었다.

스테이터스를 보아도 완치는 되지 않은 것 같았다.

현재는 빚을 지면서까지 한 치료가 효과가 있어서 상태가 호전 되었지만, 완치된 것은 아닌 상황인 듯했다.

그렇다고 한다면, 분명 이거면 되겠지.

내가 아이템 박스에서 꺼낸 것은 스이 특제 일릭서(열화판)였다.

스이가 만들어주기는 했지만, 드랭에서 만났던 데릴과 이리스

남매에게 준 것 말고는 그대로 사용하지 않은 채였다.

두 병이 고스란히 남아 있었다.

작은 병에 담긴 스이 특제 일릭서를 아이야에게 건넸다.

"이걸 마셔주세요. 그러면 병도 나을 겁니다."

내게서 일릭서를 받아 든 아이야가 당황했다.

"저기 이건 포션인가요? 제가 봤던 거랑은 색이 조금 다른 것 같은데요…….."

토니가 걱정스러운 듯 주저하며 그렇게 물었다.

뭐, 아내가 마시는 거니까 걱정되는 게 당연하려나.

"그건 말이죠, 일릭서입니다. 어떤 병이든 그걸 마시면 단번에 낫죠."

내가 그렇게 말했더니, 전 모험가 다섯 명이 하나같이 "푸흡" 하고 뿜었다.

더럽게.

"아니 아니 아니 아니 아니, 무코다 씨. 이, 일릭서라니, 그런 걸 꺼내면 안 되죠!"

타바사가 몸을 불쑥 내밀며 그렇게 말했다.

"무코다 씨는 S랭크 모험가이고, 드랭 던전도 답파했다고 하니까, 갖고 있을 수 있지만, 누님 말대로 그런 걸 꺼내면 안 된다고! 어째서 노예한테 냉큼 줘버리는 건데?!"

루크가 타바사에 이어 그렇게 말했다.

아니, 내가 드랭 던전을 답파했다는 걸 알고 있었어?

"그, 그렇다고! 그거 한 병이 얼마인 줄 아는 거야?! 여기 있는 노예를 전부 사고도 돈이 남는다고! 그런 일확천금의 귀한 걸 간단히 주면 안 된다고!"

어빙이 그렇게 역설했다.

"그래, 그 말이 맞아! 일릭서라고 하면, 얼마를 내더라도 원한다는 부자가 줄을 설 거야!"

바르텔까지 당황한 투로 그렇게 말했다.

페이터는 앞선 네 명의 말에 응응하고 몇 번이고 몇 번이고 고개를 끄덕였다.

아니, 나도 던전에서 나온 거라면 이렇게 척척 내놓지는 않지.

하지만, 이건 말이지⋯⋯.

"아니, 일릭서는 일릭서라도 이건 열화판이거든요. 병이나 상처는 낫지만, 수명은 늘지 않습니다. 게다가 제가 직접 만든 거니까, 던전산인 것도 아니고요."

그렇게 말했더니 다섯 명 모두 아연실색했다.

"지, 직접?"

"⋯⋯⋯⋯어이, 일릭서가 직접 만들 수 있는 거야?"

"분명히, 예전에 만났던 엘프에게 들은 적이 있어. 레시피는 있지만, 재료가 재료라 일단은 무리일 거라고 말했었는데."

최연장자이기도 한 바르텔이 그렇게 말하자 전 모험가들이 꿀꺽 침을 삼켰다.

"그래서, 그 재료가 뭔데?"

"드래곤의 간이랑 피 같은 걸 쓰는 모양이던데. 그 외에도 귀중한 소재를 잔뜩 쓴다고 했었어."

·················.

다섯 명 모두 아무 말 없이 가만히 있지 말아줘.

"아, 아무튼, 만드는 법은 제쳐두고, 저로서는 그다지 구하기 힘든 것도 아니거든요. 그러니까 아이야한테 쓸 겁니다. 자자, 벌컥 들이켜주세요."

다섯 명이 아연실색한 사이에 냉큼 마시라고.

토니 일가가 울면서 "고맙습니다"라고 말했다.

알았으니까, 토니 씨 절하지 마세요.

코스티도 세리야도 울면서 "열심히 일할게요"란다. 너희는 어린아이니까 거들어주는 정도면 돼.

"저기, 아이야. 얼른 마셔줄래요?"

그렇게 말하자 아이야가 깊숙이 고개를 숙인 다음, 스이 특제 일릭서를 꿀꺽꿀꺽 마셨다.

다 마신 직후에 아이야의 몸이 하얗게 빛났다.

갑작스러운 일에 모두 놀랐지만, 그 빛은 금세 잦아들었다.

토니 일가도, 일련의 상황을 잠자코 보고 있던 앨번 일가도, 아연실색해 있던 전 모험가 다섯 명도 눈을 크게 뜨고 놀랐다.

나도 일릭서를 마시는 사람을 직접 본 것은 처음이었기 때문에 놀랐고, 당황했다.

"괘, 괜찮아?"

냉큼 아이야에게 말을 걸자, 아이야는 울면서 웃었다.

"괜찮습니다······. 숨쉬기 괴롭고, 줄곧 나른했던 몸이, 지금은, 지금은 아무렇지도 않아요!"

그런 아이야의 말을 들은 토니 일가는 서로를 부둥켜안고 기뻐했다.

잘됐다~.

나도 이런 상황을 훼방 놓을 만큼 분위기를 못 읽지는 않거든.

아이야를 보는 한은 괜찮은 것 같네.

안색도 좋아졌고.

시험 삼아 감정해보았더니, 병도 사라지고 없었다.

아자!

역시 스이 특제 일릭서야.

효과가 발군인걸.

그럼, 토니 일가도 진정된 모양이니, 다음은 롯테가 기대하고 있는 식사다.

바보 쌍둥이가 "정말로 노예한테 일릭서를 썼어"라든가 "저거 한 병이면 평생 놀고먹으며 살 수 있는데, 멍청이네"라든가 하는 말을 소곤거렸다.

너희들, 주인한테 멍청이는 아니지.

안 들리는 줄 아는 모양인데, 전부 들리거든.

그보다, 비밀 얘기는 조금 더 작은 목소리로 하는 게 기본이잖아?

바보 쌍둥이가 너무 바보 같아서 화낼 마음도 들지 않았다. 하아.

그렇게 생각했는데, 속닥거리는 소리가 전부 다 들린 탓에 바보 쌍둥이는 타바사에게 다시 철권제재를 받았다.

타바사라고 해도 이 상황에는 고개를 숙여 사과할 수밖에 없었다.

이 쌍둥이는 그거네. 뇌가 근육인 사람의 전형.

도저히 미워할 수 없는 캐릭터이기는 하지만.

"그럼, 저녁 식사 준비를 하겠습니다. 테레자와…… 아이야도 도와줄 수 있을까요?"

테레자와 이제 막 건강해진 아이야에게 물었다.

"물론이죠."

아이야가 그렇게 답했다.

건강해져서 의욕도 솟구치는 모양이다.

"그리고, 세리야도 도와줄래?"

"네!"

세리야도 가사는 대강 할 수 있다고 들은지라 물어보았더니 기운찬 대답이 돌아왔다.

자, 그럼 주방에서 식사 준비를 해볼까.

세 사람을 데리고서 주방으로 향했다.

만드는 건, 바로 전골이다.

친목을 다지는 데는 전골이 제일이지.

간단하고 맛있고, 이렇게 사람이 많을 때 딱이야.

오늘은 베를레앙에서 구했던 해산물을 듬뿍 넣은 전골과 록 버드 고기를 넣은 닭고기 전골을 만들 생각이다.

우선은 인터넷 슈퍼에서 부족한 재료 조달이다.

인터넷 슈퍼에 관한 건 모두에게 알려주었으니, 망설임 없이 열었다.

사는 건 전골에 넣을 채소류다.

배추는 빼놓을 수 없고, 다음은 당근과 파, 팽이버섯, 두부면 되려나.

다음은 가장 중요한 전골용 육수다.

성가시기도 하니 시판된 제품을 쓰자.

시판된 거라고 우습게 보지 마시라.

이게 상당히 맛있다고.

이번에는 팩에 담긴 스트레이트 육수를 쓰기로 했다.

희석할 필요도 없고, 이대로 전골에 옮겨 담아 데우기만 하면 되는 간편함이 감사하다.

전에 써봤더니 맛있었던 가다랑어와 다시마로 맛을 낸 해산물 전골용 육수와 닭고기로 맛을 낸 닭고기 전골용 육수를 구입.

마무리는 죽과 라면을 생각하고 있기 때문에 부족한 면을 구입하는 것도 잊으면 안 된다.

그리고 아이야들이 쓸 식칼과 도마 등이다.

조리용품 한 벌은 여기에도 갖춰져 있지만, 이 세계의 식칼은 좀 큼직해서 쓰기 불편하다.

당근을 깎을 필러도 구입했다.

세리야 정도라면 식칼을 쓰는 것보다 이쪽이 좋을 테니까.

그럼, 조리 시작이다.

뭐, 그렇게 말해도 잘라서 전골 국물에 넣어 끓일 뿐이지만.

아이야와 테레자, 세리야에게 채소류 손질을 부탁하기로 하자.

"세리야는 당근을 깎아줘."

필러 사용법을 가르쳐주었다.

"이런 느낌으로 당근을 잡고서 필러를 움직이면…… 이렇게 껍질이 벗겨져. 해볼래?"

세리야가 필러를 받아 들더니 조심조심 내가 말한 대로 필러를 움직였다.

"와아, 대단하다! 껍질이 슥 벗겨져!"

깔끔하게 당근 껍질이 벗겨지자 흥분하는 세리야.

"잘하네, 잘해. 그럼 조금 많지만, 여기 있는 걸 전부 손질해 줄래?"

"네!"

세리야가 의욕 넘치는 모습으로 미소 지으며 대답했다.

"아이야와 테레자는 채소를 잘라줬으면 합니다. 이 배추는 이런 느낌으로……."

뿌리 쪽 심 부분에 칼집을 내고, 잎을 떼어내 씻은 걸 여러 장 겹쳐서 큼직하게 자른다.

두툼해서 신경 쓰이는 하얀 부분은 섬유를 따라서 저미듯이 썬다.

"세리야가 껍질을 벗긴 당근은 이 정도 크기로."

당근은 익기 좋게 얇고 길쭉하게 자른다.

"파는 가볍게 씻어서 이런 느낌으로 비스듬하게."

파는 당연히 어슷썰기다.

"팽이버섯은 밑동 부분을 자르고 이 정도 크기로 떼어내 주세요."

팽이버섯은 밑동을 잘라내고 너무 자잘하지 않을 정도로 풀어 준다.

"두부는 이런 느낌으로 가로로 자른 다음에 십자 모양으로 잘

라주세요."

두부는 8등분으로.

역시 주부.

두부 같은 처음 보는 소재도 능숙하게 잘라나간다.

아이야도 테레자도 얇으면서 잘 드는 식칼에 감동했다.

일반 가정에서는 요리할 때 외날 나이프를 쓰는 것이 당연했고, 어느 정도 두께가 있는 나이프로 자르면 부드러운 재료 같은 건 뭉개지는 경우가 많았다고 한다.

인터넷 슈퍼에서 산 식칼은 식재료가 어려움 없이 부드럽게 잘린다며 대호평이었다.

식칼, 도마, 필러는 지급품으로 줄 테니 집에 갈 때 가져가라고 말하자 매우 기뻐했다.

필러는 세리야가 쓰는 것밖에 없으니 하나 더 사서 지급해야겠다.

산 것은 T자형 필러니까 감자 등의 껍질을 벗기기 쉬운 I자형 필러도 구입해서 지급하자.

감자는 이 세계에서도 비교적 대중적인 채소로, 식탁에도 자주 오른다고 하니까.

이건 전 모험가 다섯 명의 집에도 지급할 셈인데, 거기엔 요리할 수 있는 사람이 있으려나?

나중에 그 부분도 확인해야겠다.

일단 그런 일들은 나중으로 미뤄두고, 나는 해산물과 록 버드 고기 준비나.

우선 아이템 박스에서 꺼낸 것은 베를레앙에서 샀던 아스피도 켈론과 타이런트 피시, 그리고 스몰 하드 클램이다.

흰 살 생선인 아스피도켈론과 타이런트 피시와 조금 큼직한 대합 같은 스몰 하드 클램은 해산물 전골에 딱이다.

아스피도켈론과 타이런트 피시는 손질을 마쳐두어 이제 먹기 좋은 크기로 자르기만 하면 된다. 페르와 드라 짱과 스이 몫은 큼직하게 자른다.

스몰 하드 클램은 이미 해감도 마친 상태라 가볍게 씻어주기만 하면 된다.

록 버드도 그대로 큼직하게 자른다.

다져서 완자를 만들어도 좋겠지만, 지금은 다들 기다리고 있어 시간이 없으니 그대로 넣기로 했다.

록 버드는 고기 자체가 맛있어서 이대로도 충분하리라.

다음은 전골 국물을 넣은 뚝배기를 데우고 재료를 넣어서 끓이면 완성이다.

주방에 있는 4구 마도 버너 두 개와 내가 가지고 있는 마도 버너를 꺼내서 한꺼번에 뚝배기를 불에 올렸다.

전골 국물이 데워졌을 때 아이야와 테레자에게 도움을 받아 재료를 넣었다.

"이제 재료가 익으면 완성입니다."

보글보글 기분 좋게 끓고 있다.

"이제 슬슬 다 됐으려나."

"좋은 냄새가 나네요."

"정말."

"맛있는 냄새~."

"자, 모두 배가 고플 테니까, 얼른 밥 먹을까요?"

◇　◇　◇　◇　◇

우선은 아이야들에게 도움을 받아 페르들에게 전골을 내주었다. 뒤로 미루면 페르가 시끄럽게 굴 테니까.

"이쪽이 해산물 전골이고, 이쪽이 록 버드 전골이야."

『음, 나는 고기 쪽만 주면 된다.』

"에이, 이쪽 해산물 전골도 맛있으니까 먹어봐."

『흐음, 할 수 없지.』

"뜨거우니까 조심해. 수프는 나중의 즐거움을 위해서 조금 남겨두고."

드라 짱은 마무리 음식까지 먹으면 배가 부르다고 할 테지만, 페르와 스이에게는 그래도 부족하겠지.

그때는 아이템 박스에 남은 만들어둔 음식으로 대응하자.

페르들 몫을 내준 다음은 우리 차례다.

식당에 있는 커다란 식탁에 인터넷 슈퍼에서 서둘러 구입한 냄비 받침을 깔고서 뜨거운 냄비를 내려놓았다.

토니 일가와 앨번 일가에게 해산물 전골과 닭고기 전골을 하나씩, 전 모험가 쪽은 인원수가 적지만 한눈에 봐도 제법 먹을 것 같으니 이쪽은 해산불 전골 하나와 닭고기 전골 두 개를 준비했다.

내 몫으로는 해산물 전골을 선택했다.

"와아~ 좋은 냄새!"

목이 빠지게 밥을 기다리고 있던 롯테가 눈을 반짝반짝 빛냈다.

"기다리던 맛있는 밥이야. 자, 거기에 앉아."

그렇게 말하자 롯테가 "영차" 하며 의자에 앉았다.

"다들 비어 있는 자리에 앉도록 하세요."

좋아, 모두 자리에 앉았군.

"내 고향의 요리라 모두의 입에 맞을지는 잘 모르겠지만 드셔
보세요. 이쪽이 해산물 전골이고, 이쪽이 록 버드 전골입니다."

그렇게 말하자 이번에도 전 모험가 다섯 명이 "푸흡" 하고 뿜었다.

"로, 로, 록 버드라고 하면 고급 식재료잖아!"

"누님 말대로라고. B랭크와 C랭크로 그럭저럭 벌었던 우리도
손에 꼽을 정도밖에 먹어본 적이 없는데."

타바사와 어빙이 흥분한 기색으로 그렇게 말했다.

"뭐, 나한테는 귀한 식재료도 아니니까. 일단 먹어."

페르도 드라 짱도 스이도 미식가라 가진 건 이런 식재료뿐이니
까 어쩔 수 없잖아.

록 버드는 지금도 모험가 길드에서 해체해주고 있는 참이니까,
또 손에 들어올 테고.

"차, 참고로 묻겠는데, 이 해산물은 뭔가?"

바르텔이 머뭇머뭇하며 묻기에 "맛있는 흰 살 생선이에요"라고
대답해두었다.

"뭐든 맛있으면 된 겁니다. 맛있으면. 그런 것보다, 얼른 먹죠?"

루크와 페이터는 놀라면서도 식욕에 지고 말았는지, 군침을 흘리며 기다리고 있었다.

토니 일가와 앨번 일가는 전 모험가들 다섯 명이 놀라는 모습을 보고 손이 멈춰 있었다.

롯테는 몹시 먹고 싶어 하는 표정이었다.

어쩔 수 없네.

나는 내 몫의 전골을 덜어 담아 먹기 시작했다.

"다들 나처럼 자기 그릇에 덜어서 드세요."

내가 그렇게 말하자 드디어 다들 주저주저하며 전골을 덜기 시작했다.

식기류는 전부터 있던 걸 썼는데, 이 집의 전 주인 취향인지, 모두가 쓰고 있는 앞접시는 전골에는 어울리지 않는 본차이나 같은 하얀 식기로 꽃무늬가 포인트였다.

"맛있어! 무코다 오빠, 이거 맛있어!"

롯테가 록 버드 닭고기 전골에 입맛을 다시고 있었다.

"그렇지? 맛있는 밥이지?"

"응!"

신이 나는지 활짝 웃으며 록 버드 고기를 덥석 무는 롯테.

"오오, 생선이 이렇게 맛있었나⋯⋯?"

"정말로 맛있네. 생선을 먹는 건 몇 년 만인데, 전에 먹은 생선은 이렇게 맛있지 않았어."

앨번과 토니가 해산물 전골을 맛보면서 절절하게 말했다.

그렇지? 그렇지?

아스피도켈론과 타이런트 피시는 입 안에 넣으면 부드럽게 으깨지는 살과 담백하고 깔끔한 맛인데 씹으면 감칠맛도 확실하게 느껴진다.

바닷물고기라고 설명하자 토니 일가와 앨번 일가 모두가 바닷물고기를 먹는 것은 처음이라고 했다.

강에는 수생 마물이 있어서, 애초에 물고기를 먹는 일 자체가 좀처럼 없었던 모양이었다.

롯테 이외의 아이들, 코스티, 세리야, 올리버, 엘릭도 맛있게 허겁지겁 전골을 먹고 있었다.

아이야와 테레자는 그런 아이들을 보며 울며 웃었다.

두 사람 모두 "오랜만에 배불리 먹일 수 있게 되었습니다. 고맙습니다"라고 말했다.

노예라는 처지를 생각하면, 아무래도 배불리 먹지는 못했으리라.

어른은 참을 수 있어도 아이에게 배고픔은 괴로운 일이다.

"다들 많이 먹어."

아이들에게 그렇게 말하자 웃으며 고개를 끄덕였다.

전 모험가 다섯 명은 역시 다들 체격이 커서인지 먹성이 좋았다.

맛있다 맛있다 해가며 경쟁하듯이 먹었다.

내 몫으로 전골 하나를 준비했는데, 아무래도 다 먹기는 무리라 남긴 것을 "드실래요?" 하고 물어보았더니 바보 쌍둥이와 페이터가 뺏듯이 전골을 전부 가져갔다.

도중에 전골 건더기를 전부 다 먹은 페르들에게 마무리 요리를 만들어주거나 하는 사이에 드디어 우리 전골도 국물만 남게 되었다. 마지막 즐거움을 맛볼 때가 되었다.

"이 전골이라는 건 말이죠. 마지막까지 맛있거든요."

국물만 남았을 때 휴대용 버너를 꺼내서 다시 데운다.

해산물 전골에는 밥을 넣고 마지막에 푼 달걀을 부어준다.

닭고기 전골에는 사두었던 전골용 라면을 넣어서 잠시 끓인다.

"좋아, 이제 다 된 것 같은데. 마무리 요리인 죽과 라면이야."

달걀 같은 건 좀처럼 먹을 수 없었기 때문인지 토니 일가와 앨번 일가의 면면들은 죽을 맛있게 먹었다.

라면이 인기 없었지만, 나는 라면이 먹고 싶었기 때문에 닭고기 전골의 마무리 음식을 먹었다.

면과 국물을 덜어 담고 마지막으로 버터를 한 조각 얹었다.

후루루루룩.

"짭짤한 버터 라면 맛있어."

마무리 라면 맛에 감격하고 있으려니 모두의 시선이……

아무래도 라면을 후루룩 먹는 방식을 보고 놀란 모양이었다.

"아아, 이건 이렇게 후루룩 먹어야 맛있거든요."

내가 그렇게 말하자 전 모험가 다섯 명이 라면에 도전했다.

면을 제대로 후루룩 먹은 건 페이터뿐이었다.

하지만 맛은 좋았는지, 다들 싹 비웠다.

"후우, 잘 먹었다."

만족이야, 만족.

전골은 역시 마지막까지 맛있다니까.

토니 일가와 앨번 일가, 전 모험가 다섯 명도 만족스러운 얼굴이었다.

『어이, 나는 더 먹을 거다.』

『스이도.』

『하핫, 페르와 스이는 더 먹을 거구나. 나는 이제 배가 부른데.』

……………만족하지 못한 멤버가 여기 있었다.

페르와 스이에게는 만들어두었던 튀김과 햄버그 등을 추가로 내주었다.

토니 일가와 앨번 일가, 전 모험가들에게는 그만 본인들 집으로 돌아가 푹 쉬어두라고 했다.

◇ ◇ ◇ ◇ ◇

거실에서 커피를 마시며 식후의 휴식을 취했다.

페르와 드라 짱과 스이는 푹신푹신한 융단 위에서 축 늘어져 있었다.

그렇지. 이제 슬슬 데미우르고스 님에게 공물을 바쳐야겠네.

어디 어디, 한번 볼까.

커피를 마시면서 인터넷 슈퍼를 열었다.

외부 상점인 리큐어 샵 다나카를 열자, 무슨 와인 축제 같은 것이 개최되고 있었다.

그중에서 점장과 소믈리에 자격을 가진 점원이 엄선하여 고른 추천 와인이 특집으로 소개되어 있었다.

"호오~ 와인이라. 와인은 인기 있으니까."

그러고 보니 전 세계의 상사가 와인을 좋아해서 회사 사람들과 같이 마실 때마다 지식을 늘어놓곤 했었다.

의자에 등을 기대고 화면의 와인 특집을 보고 있으려니 스이가 뿅 하고 의자로 뛰어 올라왔다.

『주인, 뭐 봐?』

"응? 이거? 신에게 무얼 바칠까 하고 보는 중이야."

『신?』

"맞아. 우리를 지켜봐 주세요, 하고 부탁하기 위해서 공물을 바치는 거지."

『흐응..』

스이는 이해한 걸까? 못 한 걸까?

하지만 내가 보고 있는 것에는 흥미가 있는지 화면을 들여다보고 있었다.

『닌릴 님께 공물을 바치고 기도를 올리는 것이냐? 제대로 잘하고 있는 모양이구나.』

페르가 누운 채로 고개만 내 쪽으로 들며 그렇게 말했다.

"아니, 이건 닌릴 님한테 줄 게 아닌데."

그도 그럴 게, 여신님은 지금 절찬 근신 중이거든.

『뭐라?! 닌릴 님께 공물을 바치고 기도를 올리지 않을 셈이냐!』

"아니, 그게 말이지. 닌릴 님보다 높은 창조신님의 지시라서 어쩔 수 없다고. 아니면 뭐야? 페르는 이 세계를 만든, 이 세계에서 제일 높은 신께 불만이라도 말할 셈이야?"

불만이 있다면 데미우르고스 님께 말하라고.

나는 하나도 잘못하지 않았으니까.

『음? 그, 그건…….』

데미우르고스 님은 이 세계에서 가장 높은 신이니까, 아무리 페르라고 해도 불만은 말하지 못하겠지.

페르가 떨떠름한 느낌으로 납득했다.

화면으로 다시 시선을 돌리자 스이가 빤히 화면을 응시하고 있었다.

『저기, 저기, 주인. 이거 먹는 거야?』

"음, 이건 술이야. 스이한테는 아직 좀 이르려나. 그렇지. 그보다 케이크 먹을래? 오늘은 아직이었지?"

『케이크! 먹을래, 먹을래.』

스이가 케이크라는 말에 의자 위에서 뽕뽕 뛰어올랐다.

"페르랑 드라 짱도 먹을 거지?"

『당연하다.』

『푸딩 먹을래!』

후미야 메뉴를 열어서 모두의 요청을 받았다.

『나는 물론 늘 먹는 거다. 역시 그게 제일 맛있다.』

페르는 당연하다는 듯이 늘 먹는 딸기 쇼트케이크 두 개였다.

『나는 역시 푸딩이지.』

드라 짱도 마음에 든 푸딩을 요청했다.

신작으로 딸기 밀크 푸딩이 나왔다는 것을 가르쳐주자, 그것과 평소 먹던 커스터드 푸딩이 좋다고 했다.

『스이는, 이거랑 이거.』

스이가 고른 것은 블루베리 타르트와 딸기 롤 케이크였다.

오늘은 그 두 개를 먹고 싶은 기분이란다.

모두에게 케이크를 주고 나는 두 잔째 커피를 마시며 다시 리큐어 샵 다나카의 화면을 보았다.

와인이라…….

일본 술뿐이었으니까, 가끔은 와인을 넣어도 괜찮을지도.

이번에 데미우르고스 님께 바칠 것은 일본 술 외에 와인도 넣어보기로 했다.

하지만 나는 와인에 관해 잘 모른다.

이럴 때는 순순히 추천 상품을 고르는 게 답이다.

우선 첫 번째는 점장이 가장 추천한다고 하는 독일산 화이트 와인.

글쎄 독일에서 생산된 와인은 화이트 와인이 대부분이며, 그중에서도 리즐링이라는 화이트 와인용 포도로 만든 와인의 대표 격이 이 상품이라고 한다.

비스마르크도 더없이 사랑했던 와인으로 알려져 있으며, 풋풋한 과실 향과 산뜻한 신맛에, 산뜻한 단맛이 감도는 와인이라고 설명되어 있었다.

두 번째는 소믈리에 자격을 가진 점원분이 가장 추천한다고 하는 프랑스 와인.

와인을 소재로 한 모 만화에 등장하면서 유명해졌다.

밸런스가 좋고 섬세하면서도 조화로운 와인으로, 가격에 비해

참으로 맛있는 와인이라 추천한다고 한다.

와인은 이 두 병이면 되리라.

그게, 점장과 소믈리에의 추천이니까.

일본 술은 평소와 마찬가지로 순위를 보고 골랐다.

오늘은 주간 랭킹에서.

주간 랭킹 1위에 빛나는 아오모리현산 술로, 산뜻하면서도 깊이가 있어서 맛이 있다는 평가를 받고 있었다.

또 한 병은 랭킹 2위로 일본 전통 종이로 된 라벨이 붙어 있는 순미 대음양주였다.

'진짜 맛있다'든가 '반드시 재구매한다'든가 하는 절찬하는 댓글이 많았으니 틀림없으리라.

와인 두 병에 일본 술 두 병을 카트에 담고 평소의 프리미엄 통조림 안주 선물 세트도 구입했다.

이번에는 와인도 있는지라, 와인 안주로 맞을 법한 카망베르 치즈와 스모크 치즈도 함께 구입했다.

"좋아, 이거면 되겠지."

계산하자 상품이 도착했고, 종이 상자 제단 위에 물건들을 올려두었다.

"데미우르고스 님, 부디 받아주십시오."

『오오, 자네인가. 언제나 미안하군.』

"이번에는 포도라는 과실로 만든 술도 있으니 시험 삼아 드셔보십시오. 물론 일본 술도 있습니다. 통조림 안주랑 와인에 어울리는 안주로 치즈도 넣어두었습니다."

『오오, 그거 기대되는군. 후옷후옷후옷.』

종이 상자 제단에 올려둔 와인과 일본 술, 통조림 안주 선물 세트와 치즈가 옅은 빛과 함께 사라져갔다.

"좋아. 오늘은 이래저래 바빴으니까 얼른 목욕하고 잘까."

『목욕?』

"맞아. 스이도 할 거지?"

『응!』

"드라 짱은 어쩔래?"

『당연히 하지.』

스이와 드라 짱과 함께 넓은 욕조를 만끽했다.

그것참~ 다리를 쭉 뻗어도 넉넉한 널따란 욕조는 최고인걸!

드라 짱과 스이도 이 집의 넓은 욕조는 단번에 마음에 든 모양이었다.

기분 좋은 듯 한바탕 헤엄을 친 다음에는 둥둥 떠 있었다.

목욕으로 피곤을 푼 다음은, 마찬가지로 커다란 침대에서 바로 잠들었다.

…………하지만, 어째선지 페르와 드라 짱과 스이가 함께였다.

너무나도 자연스럽게 『잘 자~』라고 하기에 나도 평소처럼 아무렇지 않게 여겼다.

하지만 잘 생각해보면 이렇게나 방이 많으니 딱히 함께 잘 필요 없는 거 아닌가?

뭐, 오늘은 어쩔 수 없으려나.

어느 마을의 어느 대장간.

평소 커다란 목소리로 대화하는 드워프가 주변을 신경 쓰며 고개를 맞대고 자그마한 목소리로 이야기하고 있었다.

"어이, 라딤, 정말이야?"

"그래. 상인 길드에서 확인했어."

"네 제자한테 온 편지를 보고도 미심쩍다고 생각했는데, 설마 진짜였을 줄이야."

"너희한테는 실제로 맛보게 해줬었잖아. 뭐, 이렇게 말하는 나도 반신반의했다는 게 솔직한 마음이지만."

독립하여 다른 마을에서 가게를 하고 있던 제자 예른. 그 예른이 반년 전에 오랜만에 편지와 함께 선물이라며 나무 상자를 보내왔다.

편지에는 환상의 주점에 관해 쓰여 있었다. 그 환상의 주점을 방문하려면 이런저런 규칙을 지켜야만 하지만, 그것이 아무렇지 않을 만큼 그곳에서 마시는 술은 이 세상 것이라고는 생각할 수 없을 만큼 맛있다고 했다. 한 번도 본 적 없는 맛있는 술이 이렇게나? 싶을 만큼 많은, 드워프에게는 꿈 같은 가게. 아니 천국이라고까지 단언했다.

그리고 나무 상자에는 그 꿈의 주점에서 구했다고 하는 비장의 술이 들어 있었다.

처음에는 무슨 바보 같은 소리인가 생각했지만, 술에 죄는 없으니 감사히 마시기로 했다.

그렇게 입에 댄 술.

놀란 정도가 아니었다. 한순간 정신을 차릴 수 없을 정도였다. 지금까지 경험해보지 못한 강한 도수와 무어라 표현할 수 없는 깊은 향과 복잡한 맛. 맛있었다. 맹렬하게 맛있는 술이었다. 그야말로 술과 하나라고 할 수 있는 드워프로서 살아온 지금까지의 인생 중에서 가장 맛있다고 단언할 수 있을 정도였다.

그 후로 환상의 주점 정보를 조금이라도 얻기 위해 대충 읽어넘겼던 예른의 편지를 다시 한번 찬찬히 읽었다.

말하길, 환상의 주점은 신출귀몰. 만난다면 아주 운이 좋은 날이다.

말하길, 그 가게에 들어갈 수 있는 것은 지극히 한정된 인원수뿐.

말하길, 그 가게에 들어가기 위해서는 여러 많은 규칙을 지켜야만 한다.

그 규칙이라는 것이…….

하나, 다른 마을의 사람에게 가게에 관해 들은 자는 자신 외에 규칙을 지킬 수 있고 믿을 수 있는 자를 최대 열 명까지 가게로 데려올 수 있다.

하나, 가게에 관해 들은 열 명은 결코 가게의 일을 다른 사람에게 말해서는 안 된다.

하나, 다른 마을의 사람에게 가게에 관해 들은 자는 자신이 사는 마을 이외의 사람 한 명에게만 가게에 대해 알릴 수 있다.

하나, 가게에서 시음할 때는 큰 소리를 내지 않고 소란을 피우지 않는다.

하나, 가게에서 살 수 있는 술은 한 사람당 한 종목을 다섯 병까지로 한다.

하나, 가게에 있는 술에 관해서는 입수처를 절대로 추궁하지 않는다.

하나, 점주의 내력을 물어서는 안 된다.

하나, 점주의 내력을 우연히 알게 되었을 때도 다른 사람에게 말해서는 안 된다.

하나, 이상의 규칙을 지키지 못할 경우나 점주가 가게를 계속할 수 없다고 판단했을 때는 개점 시간 내라고 해도 가게를 닫을 수 있다.

중요한 규칙은 이 정도인 모양이었다. 그 외에도 세세한 규칙이 있었지만, 그건 점주의 말을 따르면 문제없다고 했다. 요컨대 점주의 내력과 술의 입수처를 알려 하지 말고, 시끄럽게 소동을 피우지 말고 얌전히 술을 즐기라는 것이었다.

수중에 있는 극상의 술을 여러 사람에게 자랑하고 싶은 마음이지만, 사안은 중대했다. 예른에게 받은 편지 내용을 보았을 때, 예른 본인이 다른 마을의 사람에게 가게에 대해 들은 자인 것이리라.

그리고 규칙 중에 '자신이 사는 마을 이외의 사람 한 명에게만 가게에 관해 알려줄 수 있다'는 부분이 있었다. 그 한 명으로 나를 골라 편지와 술을 보냈다는 것은, 나를 그만큼 믿어주고 있다는 뜻이었다.

그 제자의 마음을 함부로 한다면 남자가 아니다. 그런고로 환상의 주점에 관해 가르쳐줄 상대는 신중하게 골라야만 했다. 나도 그 점은 상당히 신경을 썼다. 그렇게 고른 상대는 내 친구라고 부를 수 있는 라드밀과 제르맹이었다. 이 두 사람이라면 믿을 수 있고, 규칙도 확실하게 지킬 터였다.

이 두 사람에게는 예른의 편지를 보여주며 설명을 했지만, 처음에는 믿어주지 않았다. 당연하다면 당연했다. 처음에는 나도 무슨 바보 같은 소리인가 했을 정도이니 말이다. 그러나 예른이 보내준 비장의 술을 맛보여 주었더니 눈을 동그랗게 뜨고 놀라면서 바로 믿어주었다.

그 후로는 매일 라드밀과 제르맹과 함께 환상의 주점이 마을에 오기를 기도하며 지냈다. 예른의 편지에 따르면 환상의 주점이 출점할 때는 상인 길드의 게시판에 어떤 말이 쓰인 편지가 붙는다고 적혀 있었다.

그 말은 '갈비씨 갈비'.

의미는 모르겠지만, 아무튼 그 말을 게시판에서 확인하면 상인 길드의 창구에서 "가게로 가는 법을 알려달라"고 해야 한다. 그러면 가게 위치와 개점 시간이 쓰인 종이를 건네받을 수 있다고 한다. 그 말을 보고 "이건 무슨 의미지?"라고 물어도 당연히 가게 위치가 적힌 종이는 받을 수 없으며, '갈비씨 갈비'라는 말 그 자체의 의미보다도 그 글이 붙어 있는 의미를 이해해야만 비로소 가게에 다다를 수 있는 구조였다. 참으로 귀찮은 이야기이기는 하지만, 환상의 주점을 위해서는 어쩔 수 없는 일이다.

그런고로, 예른에게 편지를 받은 이후로 반년 동안 나는 내 견습생을 매일 거르지 않고 상인 길드로 보냈다. 그리고 오늘, 그 견습생이 '갈비씨 갈비'라고 쓰인 종이가 게시판에 붙어 있었다고 보고했다. 곧장 라드밀과 제르맹에게 알렸고, 두 사람 모두 일을 내팽개치고 내가 있는 곳으로 달려왔다.

"그래서? 가게 위치는 알았나?"

"아니, 아직이야. 지금부터 내가 상인 길드로 가서 가게 위치와 개점 시간이 쓰인 종이를 직접 받아 오려고."

"좋아, 우리도 가지!"

"당연하지!"

나와 라드밀과 제르맹, 셋이서 상인 길드로 향했고, 무사히 가게 위치와 개점 시간이 쓰인 종이를 받아 내 공방으로 돌아왔다.

"좋아, 보자고."

"그래."

"어."

셋이 숨을 삼키고 종이를 보았다.

"과연, 그 근처인가."

"개점 시간은 점심 지나선가. 아직 시간이 있군."

"으음. 기대되는걸. 그런데 라딤. 우리 이외에 환상의 주점에 갈 멤버는 정했나?"

"그게 말이지…… 둘도 없을 애주가인 우리잖아. 맛있는 술을 발견하면 자랑하고 싶어질 게 분명해. 어디서 발견한 어떤 술이다, 하고 말이지. 하지만 환상의 주점을 방문하려면 여러 규칙을 지켜야 하잖아. 그걸 생각하면, 이 녀석이라면 분명 괜찮을 거라고 단언할 수 있는 게 너희밖에 없더라고."

"그렇게까지 믿어주다니 영광일세."

"뭐, 우리가 자랑할 상대라고 하면 이 셋이니까."

"바로 그거야. 내가 자랑할 상대는 라드밀과 제르맹. 라드밀은 나랑 제르맹, 제르맹은 나랑 라드밀. 평소에도 술을 마신다고 하면 이 셋이잖아. 세 사람이라면 비밀로 새어 나가지 않겠지."

"오랜만에 술 가게라도 열까."

모험가 길드에서 받은 의뢰를 위해 머물게 된 마을.

그 의뢰도 끝나고, 다음은 숙소에 선불로 낸 숙박비 날짜만큼 지낼 뿐인 상황이었다.

나는 그 빈 시간에 취미로 하고 있는 주점을 오랜만에 열기로 했다. 시작한 계기는 단순하다고 하면 단순했다. 상인 길드에도 등록되어 있는데, 상인다운 일은 전혀 하지 않고 있다는 생각이 들었기 때문이다. 한 일이라고는 람베르트 씨 가게에 샴푸 등을 조금 판 것뿐. 그건 좀 그렇다 싶었고, 내 가게를 운영하는 데도 흥미가 있었기 때문에 해보고 싶다고 생각했다. 처음에는 드랭에서 주문해 만든 BBQ 그릴도 있으니, 꼬치구이 포장마차를 해볼까 했다.

실제로 재료도 구입해서 완벽하게 준비를 갖추었는데, 우리 집 먹보 트리오가 말이지……. 재료를 사들이던 때부터 페르, 드라짱, 스이가 먹고 싶은지 몇 번이고 상황을 보러 오지 뭐야. 사전에 이건 포장마차용이라고 설명했고, 페르들에게는 밥도 배불리 먹였는데도 그랬다고. 스이에 이르러서는 『맛보고 싶은데』라며 조르고 말이야. 그렇게 되면 당연히 페르와 드라 짱도 맛보게 해달라고 할 게 뻔했고…….

이거 포장마차는 글렀네 싶어서, 포장마차를 여는 건 포기했다. 사들인 고기는 다 함께 구워서 먹는 지경이 되었고. 의욕에 넘쳐서 꽤 많은 양의 고기를 샀는데, 포장마차는 포기하기로 했다고 말했더니 페르와 드라 짱과 스이 먹보 트리오가 좋다고 날름 다 먹어버렸다.

음식 관련 가게는 무리라는 사실을 깨닫고, 그럼 무슨 가게를 할까 생각했다. 인터넷 슈퍼 상품을 팔게 되면, 이 세계에서는 대부분이 신비의 물건 취급을 받게 될 테니 각하.

이세계물 라이트 노벨 등에서 반드시 다루는 소금, 설탕, 후추는 어떨까 생각해보았다. 꽤 벌 수 있을 것 같기는 했지만(실제로 소금과 후추는 이 세계에 온 지 얼마 안 되었을 때 자금 조달을 위해 판 적이 있는데, 상당한 액수였었다), 큰 소동이 될 것이 뻔하겠다 싶어서 그것도 각하. 귀중한 후추가 대량으로 나오면 눈에 띌 게 틀림없으니까 말이지.

그래서 이것저것 생각한 끝에 이거라면, 하고 생각한 것이 술이었다. 인터넷 슈퍼의 외부 상점에 리큐어 샵 다나카가 들어와 종류도 풍부하게 갖출 수 있게 되었으니까. 술이라면 이 세계에도 원래부터 있었고, 그리 비싼 것도 아니었다. 식사 모임 등에 제공해서 맛보았던 이쪽 세계 사람들에게도 평판은 좋았으니, 괜찮지 않을까 싶었다. 이쪽 세계에도 애주가는 잔뜩 있으니까.

다만, 내가 파는 술은 이 세계에서는 맛보지 못했던 것이니 화제가 될 것 같았다. 하지만 나로서는 화제가 되는 것도 피하고 싶었다. 입수처 등의 질문을 받는 것도 성가실 테니까. 그래서 가게를 하는 데 있어 엄격한 규칙을 정했다. 뭐, 나로서는 가게를 해 보고 싶기는 했지만, 이걸로 잘 안 되면 그만두면 될 뿐이라고 생각했더니 의외로 마음이 편했다.

처음에 주점을 운영한 것도, 오늘과 마찬가지로 머물던 마을에서 시간이 비었을 때였다. 그리고 첫 손님으로서 고른 것은, 그 도시에서 알게 되어 친해진 드워프 모험가 제롬이었다. 역시 술이라고 하면 드워프라고 생각해서 말이지.

너무나도 엄격한 규칙에 처음에는 불만을 줄줄 늘어놓으며 "그런 귀찮은 가게에 갈 것 같아?"라는 말을 했지만, 이런 술을 판다며 리큐어 샵 다나카에서 산 위스키를 맛보여 줬더니 바로 태도가 바뀌었다.

가게에 오려면 규칙을 엄수해야 한다고 말하자, 제롬이 답하길 "맛있는 술을 갖고 있으면 자랑하고 싶어지지만, 그 맛있는 술이 규칙을 지키지 않으면 구할 수 없다고 한다면 얘기는 달라지지. 드워프라는 건 술이 얽힌 약속을 절대 어기지 않아"라고 했다.

그래서, 그 제롬이 데려온 것은 같은 모험가 파티 멤버였다. 솔

로인가 했는데, 우연히 멤버 중 한 명이 다쳐서 파티 활동은 쉬고 있을 뿐이었다.

데려온 다른 멤버 네 명도 전원 드워프였다. 제롬이 규칙에 관해 단단히 이야기해두었을 테지만, 처음에는 나를 수상쩍은 시선으로 보지 뭐야. 하지만 말이지…….

위스키에 브랜디에 보드카에 럼주, 와인, 맥주, 일본 술을 보여주자 모두 눈빛이 달라졌다. 게다가 전부 적당한 가격이고, 종류에 따라서는 여러 메이커가 갖춰진 것도 있으니까. 전부 맛이 다르다고 했더니 엄청나게 혹했다. 마셔본 적 없는 술이 대부분이니 시음할 수 있도록 했던 것도 좋았는지, 완전히 내가 내놓은 술에 매료된 드워프들은 술을 위해서인지 규칙을 잘 지키며 조용히 술을 마셨다.

그런고로 첫 번째 주점 개최가 잘 진행되기도 하여 나는 틈을 봐서 때때로 주점을 하게 되었던 것이다.

그리고 이번에는 이 마을에서 주점을 하기로 정했다. 창고를 빌려서 점포 개점이다. 페르와 드라 짱과 스이도 일단 따라오기는 했지만, 술에 관해서는 전혀 흥미가 없는지 창고 구석에서 바로 낮잠을 자기 시작했다.

나로 말하자면, 이쪽 세계에서 산 목제 테이블을 아이템 박스에서 꺼내 시음용 위스키와 브랜디 등을 늘어놓았다. 판매할 술들은 아이템 박스에 넣어놓았다가 구입이 정해지면 꺼내서 건네는 방식이다.

준비를 마치고 기다리고 있으려니 창고 문을 두드리는 소리가 들렸다.

"암호는?"

이곳의 상인 길드 게시판에 있던 문구를 말해야만 한다.

"갈비씨 갈비."

낮은 목소리로 그리 말하는 소리가 들렸다.

억양이 이상해서 웃음이 나올 뻔했는데, 필사적으로 참았다.

암호를 특이하게 정하면 재미있으려나 싶어서 고른 건 나였지만.

"크큭…… 어흠. 들어오시죠."

문을 열자 세 명의 손님이 들어왔다. 세 사람 모두 드워프였다.

그렇다기보다는, 이 주점을 시작한 이후로 손님은 전부 드워프였지만. 전에 가게에 왔던 드워프에게 물어보니 역시 술이 얽혔을 때 신용할 수 있는 것은 동족인 드워프, 그것도 진짜 친구뿐이라고 했다. 아무튼, 규칙을 잘 알고 있는 모양인지 이 세 사람도 얌전하고 차분하게 행동했다. 다만 세 사람 모두 테이블 위에 놓인 술을 뚫어지게 바라보고 있기는 했지만.

"규칙은 잘 알고 계시리라 생각합니다만, 규칙을 반드시 지켜주시기를 거듭 부탁드립니다."

내가 그렇게 말하자 드워프 3인조는 진지한 표정으로 고개를 끄덕였다. 테이블 위에 놓인 술병이 어떻게 이렇게 투명한지, 붙어 있는 라벨은 어떻게 이렇게 알록달록한지, 사실은 이것저것 묻고 싶을 테지만.

"여기 있는 술이 팔고 있는 술입니다만, 말씀하시면 시음해보실 수 있습니다."

그 말에 드워프 3인조의 눈이 번쩍하고 빛났다.

"시음을 해볼 수 있다고?"

"네."

"전부 말인가?"

"네. 괜찮습니다. 비교적 도수가 높은 것이 많으니, 전부 시음하실 수 있다면 말이죠."

"그 말, 사실이겠지?"

"물론입니다."

내 말에 드워프 3인조는 서로 얼굴을 마주 보며 싱긋 입꼬리를 올렸다.

어라? 실수한 건가?

이번에는 위스키나 브랜디, 보드카, 진, 그 외에도 알코올 도수가 높은 것들을 준비해봤는데.

""""그럼 부탁하네.""""

세 사람 모두 바로 시음을 요청했고, 나는 아이템 박스에서 잔을 꺼냈다.

"그럼, 우선은 특히 드워프 여러분께 좋은 평가를 받고 있는 위스키라는 술입니다. 같은 위스키라도 만드는 사람에 따라서 맛이 상당히 달라지기 때문에 그 부분도 확인해주십시오. 아, 그리고 도수가 높은 술이니 주의해주시고요."

"우리 드워프는 웬만해선 술에 취하지 않으니까 안심하게."

가운데 있던 드워프가 자신만만하게 그렇게 말했고 나는 쓴웃음을 지었다.

마음을 다잡고, 우선 잔에 따른 것은 일본의 적당한 가격에 모난 병이 특징적인 서민파 위스키다.

"드시죠."

세 사람은 향을 맡고 단숨에 꿀꺽 위스키를 비웠다.

아니, 양이 적다고는 해도 단숨에 마실 것까진…….

"크으~ 도수가 높은 술은 역시 맛있군."

"맞아. 향도 제법 괜찮은 술이야."

"깊이 있는 맛이 뭐라 말할 수 없이 좋은데."

세 사람 모두 더 마시고 싶어 하는 표정을 하고 있었지만, 이 술의 시음은 끝이다. 다음이다. 다음.

"다음 위스키는 이겁니다."

쪼르륵, 이어서 세 사람의 잔에 따른 것은 일본인의 입맛에 맞춰 개발되었다고 하는 하얀 말 라벨이 특징적인 위스키다. 위스키의 특징인 스모키 한 향을 적당히 느낄 수 있으면서도 일본인에게 맞춰 만들어져서 마시기 쉬운 위스키라고 한다.

"호오, 이건 또 방금 거랑은 다르군. 같은 위스키라는 술이라도 만드는 사람에 따라 이렇게나 다른 건가."

"향부터가 조금 전 것보다 화려한 느낌이 드는데."

"방금 건 깊이가 있는 맛이지만, 입안이 깔끔했어. 하지만 이쪽은 마신 후에도 어떤 여운이 남는 느낌이야."

역시 애주가라고 해야 할까. 벌컥벌컥 마시는 것처럼 보이지만 제대로 맛을 느끼고 있네.

그 후로도 위스키 시음이 계속되었고, 다음은 브랜디였다.

"다음은 브랜디라는 술입니다."

병의 주둥이가 약간 비스듬하게 기울어진 독특한 병이 특징인 프랑스 브랜디다. 맛이 부드럽고 목 넘김도 매끄러운 브랜디라고 한다.

"이것도 도수는 강하지만 마시기 편하군."

"살짝 씁쓸한 듯한 이 향기가 참으로 좋은데."

"맛도 부드럽고 단맛이 느껴지는 게 나쁘지 않아."

그리고 시음은 차례차례 진행되었고…….

"이걸로 마지막입니다. 다음은 어느 걸 구매할지 말씀해주시면 준비해드리겠습니다."

드워프 3인조는 말했던 대로 모든 술을 시음했다. 그런데도 멀쩡하다니 무시무시하다.

"이것도 저것도 맛있는 술이라 조금 더 마시고 싶은 마음이지만, 시음이니 어쩔 수 없지."

"그러게. 그나저나 어느 걸 사지? 다 맛있는 술이라 마음을 못 정하겠어."

"돈은 준비할 수 있는 만큼 준비해 왔지만, 아무래도 살 수 있는 만큼 다 살 수도 없으니 고민되는걸."

규칙은 한 종목당 다섯 병까지로 정해져 있으니까 말이지.

시음 때 한 병 한 병 가격도 설명해주었는데, 각각은 적당한 가격이라고 해도 살 수 있는 만큼 꽉 채워 샀다간 나름 큰 액수가 된다.

지금까지도 고민하고 고민해서 마음에 든 대여섯 종목을 다섯 병씩 구입해 간다는 패턴이 대부분이었다.

"좋아, 정했어!"

"나도."

"나도일세."

·················.

············.

······.

"구입해주셔서 감사드립니다."

드워프 3인조가 소중하게 자루를 들고서 "역시 환상의 주점이야" 같은 말을 하며 흐뭇한 얼굴로 돌아갔다.

"……아니, 세 사람 모두 전 종류를 사서 가다니 이상하잖아."

그것참, 드워프라는 건 정말로 술이 관련되면 이상해진다니까. 세 사람 모두 "이런 기회를 놓칠까 보냐"라며 전 종류를 구입했다. 게다가 위스키라든가 브랜디라든가 보드카 같은 알코올 도수가 높은 술은 최대 수량인 다섯 병씩 사 가기까지 하다니. 너무 많아서 어떻게 가지고 돌아갈지 걱정이 되어 "병이니까 깨지지 않도록 조심해주세요"라고 말하며 가지고 있던 자루를 서비스로 나눠주었을 정도였다.

"그나저나, 술에 대한 드워프의 열정이랄까 집념은 대단하네. 가끔밖에 열지 않지만, 드워프가 있는 한 내 가게는 문제없겠어."

후기

에구치 렌입니다. 『터무니없는 스킬로 이세계 방랑 밥 7 살코기 스테이크×창조신의 심판』을 읽어주셔서 정말로 고맙습니다!

드디어 7권이 발매되었습니다. 이 시리즈가 이렇게 오랫동안 이어지리라고는 꿈에도 생각하지 못했습니다. 여기까지 올 수 있었던 것도 독자 여러분 덕분이라고 절절하게 느끼고 있습니다. 정말로 고맙습니다.

7권에서는 무코다의 생활에도 변화가 찾아옵니다. 무려 무코다가 집을 삽니다. 그리고 페르와 드라 짱과 스이 덕분에 모인 돈을 써서…… 여기서도 무코다의 바닥인 연애운이 유감없이 발휘됩니다(웃음).

그리고 지난번과 마찬가지로 이 7권은 본편 코믹스 4권과 스이가 주역인 외전 『스이의 대모험』 3권과 동시 발매됩니다! 원작자인 제가 말하기는 조금 부끄럽지만, 본편 코믹스도 외전 코믹스도 양쪽 모두 아주 재미있습니다! 꼭 읽어봐 주세요. 분명 마음에 드실 겁니다!

일러스트를 맡아주신 마사 선생님, 본편 코믹스의 아카기시 K 선생님, 그리고 외전 코믹스를 담당해주시는 후타바 모모 선생님, 담당인 I님, 오버랩사의 여러분, 언제나 언제나 정말로 감사드립니다.

마무리입니다. 여러분, 앞으로도 무코다와 페르와 드라 짱과 스이의 느긋하고 따스한 이세계 모험담 『터무니없는 스킬로 이세

계 방랑 밥』WEB, 서적, 본편 코믹스, 외전 코믹스들을 앞으로
도 잘 부탁드립니다.

8권에서 다시 만날 수 있기를 간절히 바랍니다.

Tondemo Skill de Isekai Hourou Meshi 7
©2019 Ren Eguchi
First published in Japan in 2019 by OVERLAP, Inc.
Korean translation rights reserved by Somy Media, Inc.
Under the license from OVERLAP, Inc., Tokyo JAPAN

터무니없는 스킬로 이세계 방랑 밥 7

살코기 스테이크×창조신의 심판

2024년 9월 1일 1판 3쇄 발행

저 자	에구치 렌
일 러 스 트	마사
옮 긴 이	이신
발 행 인	유재옥
담 당 편 집	박치우

이 사	조병권
출판본부장	박광운
편 집 1 팀	박광운
편 집 2 팀	정영길 조찬희 박치우 정지원
편 집 3 팀	오준영 이소의 권진영
디자인랩팀	김보라
디지털사업팀	박상섭 김지연 윤희진
라이츠사업팀	김정미 맹미영 이윤서
영업마케팅팀	최원석 박수진 이다은
물 류 팀	허석용 백철기
경영지원팀	최정연
발 행 처	(주)소미미디어
인쇄제작처	코리아피앤피
등 록	제2015-000008호
주 소	서울시 마포구 토정로 222, 502호(신수동, 한국출판콘텐츠센터)
판 매	(주)소미미디어
전 화	편집부 (070)4164-3962, 3963 기획실 (02)567-3388 판매 및 마케팅 (070)8822-2301, Fax (02)322-7665

ISBN 979-11-6611-311-6
ISBN 979-11-6190-011-7 (세트)